천년야화
엘사와 고양이

거대한 새 우쿠리나의 전설

라스트로보 지음

목차

들어가는 글

　만남이라는 말을 소리 나는 대로 영어로 표기하면 'man-nam'입니다. 이 글자는 거꾸로 나열을 해도 'mannam' 똑같습니다.

　만남이라는 글자를 한글로 풀어서 나열해 보면 'ㅁ ㅏ ㄴ ㄴ ㅏ ㅁ'입니다. 이 글자도 거꾸로 나열했을 때 역시 'ㅁ ㅏ ㄴ ㄴ ㅏ ㅁ' 똑같게 됩니다.

　이 이치를 단어로 생각하는 대신 하나의 형상으로 뇌에 집어넣는다면 그 형상은 만남의 이치를 깨닫게 해 주는 비밀의 열쇠가 될 수 있을지도 모릅니다.

　비밀이 있는 만남과 기대하지 못했던 만남들 그리고 운명의 만남으로 이어진 천 년을 초월할 엘사와 고양이의 이야기가 여러분을 기다리고 있습니다.

엘사와 고양이를 만나실 여러분에게는 새로운 세계가 보이고 새로운 이야기로 새로운 정보들이 보이게 되는 하루가 시작할 수도 있고 어떤 이에게는 진실을 간파하고 깊은 추리를 이어 나가는 다른 깊이의 공간을 경험하시는 것도 가능할 것입니다. 이 세계와 이세계(異世界)는 종이 한 장처럼 아주 가까이 있는 것인지도 모릅니다. 엘사와 고양이가 우리의 삶에 직접 형상화되어 진실을 구분할 수 있도록 해 주는 비밀의 열쇠로도 작동하여 삶을 구조화하고 함정을 예방하는 괜찮은 이야기가 될 수 있기를 바랍니다.

『천년야화: 엘사와 고양이』, 만나러 갑니다!

거대한 새 우쿠리나의 전설

하늘의 군대 면접시험에서 제대로 된 답안지를 제출하지 않았던 누의 이야기이다. 가끔은 다투기도 하고 배가 고프면 일을 더 많이 하거나 먹는 양을 줄이기도 하고 하지만 달콤한 코코아 한 잔에 감사하고 커피의 고소함에 세상을 얻은 것처럼 행복해지는 그런 평범한 가정에서 길러진 누라는 사람이 있었다. 평범한 이 가정은 누구에게도 해를 입히지 않는 것을 중요하게 생각하고 주위 사람들이 곤경에 처해 있을 때면 자신의 가족처럼 마음을 다해 혼신의 힘을 다해 도와주고 걱정해 주는 그런 평범한 가정이었다.

정의라는 단어의 정의는 세상의 이치가 될 수 있을 정도로 중요한 것일 것인데 정의의 군대라고 이름을 짓고 자신들을 높이기에 힘쓰는 자들이 있었다. 성인이 된 누는 생계를 유지하기 위한 방법으로 정의의 군대라는 곳에 지원해 면접시험을 보게 되었는데....

하늘의 최강이라고 불렸던 우쿠리가 이끌던 부대는 황금부대의 승격을 앞둔 며칠 전 모든 지위로부터 탈퇴를 선언한다. 항상 멀리서 지켜보며 미래를 예측하기도 하고 기적 같은 작전을 만들어 내던 우쿠리의 부대는 어떤 전투에서도 패배한 적이 없었던 전무후무한 전설의 부대이다. 하지만 우쿠리의 유일한 근심거리가 하나 있었는데 어린 시절을 학문에만 몰두한 나머지 자신의 생활을 잊어버렸던 우쿠리는 37살 처녀였다. 그녀가 좋아하고 존경하는 누라는 남자는 하늘군대 면접에 몇 번이고 떨어지고 나서 행방불명이 되었고 나이 40이 가까워지고 있는 그녀는 현재 마음 깊은 곳에서 누를 만날 수 있지 않을까 하는 희망만을 가슴 깊이 안고 살아가고 있다.

누는 외모가 출중했던 사람도 아니었고 특별한 능력을 갖추고 있는 사람도 아니다. 그의 유일한 재능이 있다면 평범하게 진실을 추구하고 평범하게 대화를 하는 것인데 비방을 일삼는 사람들 사이에 있어도 숨소리 하나 흔들리지 않고 그들과 동조하는 것에서 한 걸음 물러나 다툼을 피하고 평범하게 대화를 이어 나간다. 그런 그의 침착함을 보고 있으면 어떤 누구도 감히 그에게 해를 주지 못하고 유명하다는 어떤 부자들보다도 지위가 높은 어떠한 사람들보다도 더 많은 존경과 믿음을 자연스럽게 받게 되는 그런 사람이 누라 불리는 사람이었다.

군대의 힘이 강해지고 있던 그 시기는 정의로운 일을 하는 군대와 이익만을 위해 움직이는 군대의 활동이 주류를 이루고 있던 시기였는데 정의의 군대는 자신들의 신념을 법으로 생각하며 이마에 표식을 하고 같은 옷을 입은 자들만 인정하는 사상으로 발전되어져 가고 있었고 이익의 군대는 정의라는 단어의 약점을 이용해 자신들의 범죄나 약탈을 정당화하고 있었기에 이 혼란과 갈등을 해결해 줄 현자가 절실하게 필요한 시기였다. 조용하게 지내고 있던 누가 면접시험에 떨어졌던 이유는 어떤 답안지에도 군대가 원하는 대답을 해 주지 않았기 때문인데 그의 답안지를 우연히 발견하게 된 여인이 바로 우쿠리였다. 평범하고 한쪽에 치우치지 않는 누의 답안지가 소문이 퍼지며 그의 말 한마디를 듣기 위해서 군중이 모여들기 시작하였고 군대들이 모여들기 시작하였다. 그랬었지만 안타깝게도 누의 영향력이 강해지기도 전에 평범한 식당에서 빵과 수프를 먹고 있던 어느 날 누의 존재가 사라져 버렸다. 완벽하게 제거되어 버렸다.

40의 나이가 된 전장의 천재이자 처녀인 우쿠리에게 누를 찾으려는 강한 마음이 있는 한 그녀의 경력이나 명예는 큰 의미가 되지 않았다. 은퇴하는 그녀이지만 자신이 꼭 필요한 전투가 앞으로 발생한다면 기꺼이 출전을 하기로 약속을 하고 누를 찾기 위해 남은 인생을 바치게 된다. 우주를 뒤지고 바다 구석구석을 확인해 보았지만 어디에도 그의 흔적을 찾지 못하였고 그녀는 누가 사람으로 환생하는 그날을 기다리며 거대한 새 부족을 찾아가게 된다. 그녀가 더 늙기 전에 해야 할 일이 있었던 것이다.

자신이 이루어 놓은 모든 부와 전쟁에서 이기는 모든 전략을 거대한 새 부족에게 선사하는 조건을 내걸었고 새들에게는 우쿠리의 나라를 위해서 일해 주는 것과 우쿠리 자신에게 영원한 삶을 부여해 주는 것을 요청하였는데 거대한 새 부족이 이 조건을 받아들인 이유는 영원불멸이라 불렸던 자신의 부족이 불을 쏘아 대는 용들에게 당하고 있었기에 자신의 부족을 받아들여 주는 나라를 찾고 있었던 것이었다. 그리고 우쿠리의 나라에서 전략가로서 좋은 위치를 잡고 안전하게 일할 기회도 얻을 수 있는 부족의 생사를 결정해 줄 제안이었기에 거대한 새 부족은 40살 처녀 우쿠리의 모든 조건을 수락해 주면서 그들의 능력인 영원불멸의 삶을 까다로운 방법을 통해서 겨우겨우 전수해 줄 수가 있었다.

세월이 흐르고 누라는 사람은 현실 세계라 불리는 곳에서 태어나 스타게이저라는 이름으로 살아가게 되고 우쿠리는 스타게이저가 태어나는 순간부터 지금까지 그를 지켜봐 주고 있다. 우쿠리는 변신의 천사라는 별명으로 살아가고 있고 그녀의 현재 근황은 알려져 있지 않다.

사람이 아니라고?

"혈액 검사 연락드립니다. 사람의 혈액이 아닌 걸로 나왔는데 어떻게 된 일이죠?"

아차차, 나는 역시 사람이 아니었군. 이럴 때는 동요하지 않고 자연스럽게 말을 이어 나가는 것이 중요하다. 나의 친절함과 상냥함을 이용해 화제를 바꿀 것인데 그렇게 하면 이 간호사는 자연스럽게 아무 일도 아닌 것처럼 넘어가게 될 수도 있다. 잠깐 의아해하다가 평소대로 다른 일에 열중해 준다면 대성공이다. 나는 자연스럽게 호흡의 흔들림 없이 그리고 마음의 동요로 인해 생기는 말의 떨림을 감추고 이야기를 시도해 본다.

"검사 결과는 어떻게 나왔나요?"
"네 아무 문제가 없는 걸로 나왔습니다."
"아~ 아무 문제가 없었군요. 네~ 감사합니다."

그냥 "감사합니다."라고 말할 수도 있지만 "네~ 감사합니다."
에 포인트를 주어 말하면 상대방도 나의 톤을 받아 자연스럽게
전화를 끊을 것이고 그렇게 되기를 바란다.
"네~ 감사합니다."

바로 전화는 끊어졌다. 일단 성공이다. 이 간호사는 석연치
않은 부분을 친구들 몇 명에게 이야기할 수도 있겠지만 그 이
야기를 신중히 들어 줄 사람이 없기를 바랄 뿐이다. 작은 병원
의 혈액 검사를 눈여겨보고 정확한 판독을 진행하는 곳이 만약
에 있다면 분명 나를 잡으러 올 수도 있겠지만 그렇게 걱정하
며 살다가는 평생을 스트레스로 지내다 고혈압 약에 의존하며
늙게 될 것이고 그렇게 걱정하며 살아가기보다는 좀 더 자유롭
게 터프하게 살아가는 것이 나 마야미이다!

나의 소개를 아직 하지 않았는데 나는 첼로를 켜기 위해 조용한 장소를 찾아다니는 존재로 세계와 이세계를 오가며 자유로운 의지로 여행을 하는 미모의 여신이라고도 하고 신이 내린 몸매라고도 불리는 천 년에 한 번도 보기 힘든 매력의 소유자이다. 흥미로운 것이 보이면 자세히 지켜보지만 그렇다고 많이 관여하지도 않는다. 참고로 나는 한성격을 하기 때문에 나를 잘못 건드렸다가는 그냥 잘못 건드린 거다. 딱히 어떻게 하지는 않는다. 하지만 난 그래도 뭐 그렇게 한성격을 한다고들 한다. 요즘 이세계에 새로운 손님이 찾아왔는데 그는 제대로 적응하지 못하는 듯 보여서 흥미롭다. 그래서 아침마다 나의 미모를 보여 주며 첼로 소리를 들려주고 있다. 나는 아무래도 너무나 착한 사람인 것이다. 사람이 아니라고 오늘 판결이 났지만 그 정도 차이는 별 상관을 하지 않는 인생을 살고 있다.

　한성격을 하는 나이지만 그래도 외로움에 있는 사람을 보면 그냥 두지 못하는 성격인데 내가 그렇게 된 것은 나에게 모든 것이 사라지고 외로움 하나만 남아 있던 때가 있었다. 하필 그때 옥상을 걷고 있었는데 정확히 말하면 옥상과 공기의 경계선을 걸었다. 딱히 떨어지려고 했던 것은 절대 아니었지만 경계선을 걷다 보니 실수로 떨어져 버리는 어처구니없는 일이 발생하고 말았는데 그 떨어지고 있던 순간은 짧은 시간이었겠지만 막상 떨어지는 사람의 입장에서는 그 시간은 길고 백만 가지의 생각을 하게 되기도 한다. 그 백만 가지의 생각을 잘 조합해 보면 떨어지는 순간에도 운 좋게 살아남을 길이 보일 수도 있게 된다.

내가 첼로 소리를 들려주고 있는 사람은 스타게이저라는 사람으로 그의 놀라운 능력 중 하나가 떨어지는 것에 능숙하다는 것인데 그가 떨어지는 기막힌 광경들을 현실 세계에서부터 쭉 지켜보아 왔다. 신기하게도 그는 허리띠 하나만 있으면 어떤 상황에서든 살아남는다. 대단한 능력이라기보다 대단한 끈질 김의 발버둥이 아닌가 하는 생각도 들게 되었는데 스타게이저의 이야기는 나중에 더 하기로 하고 예전으로 돌아가 옥상에서 떨어지고 있던 나는 허리띠가 없었다. 다행히도 악기 부원 한 명이 들고 있던 첼로의 머리 부분이 창문으로 튀어나와 있는 것이 보였고 나는 첼로의 목에 처절하게 매달려서 목숨을 건질 수가 있었다. 그 후로 첼로에 애착을 쏟아붓고 있는 것일지도 모른다.

오늘 아침도 첼로를 연주하기 위해 마음을 다해 심신을 가다듬고 장소를 찾아다닌다.

사람이 아니라고?

이세계(異世界)에서의 시작점

　처음 이곳에 도착했을 때 당황하지 않고 주위를 차근차근 둘러볼 수 있게 된 계기는 첼로의 깊은 소리였다. 몸의 기운을 충전해 주는 시작점에서 아침을 맞이할 때면 울려 퍼지는 소리가 있었는데 그 소리를 따라가 언덕 두 개를 넘으면 꼬불꼬불 길의 옆에서 외롭게 혼자 있는 동그란 집이 하나가 있었고 비현실적으로 동그랗게 생긴 새하얀 집은 거의 비어 있다고도 해도 과언이 아닌데 그곳의 중앙에는 볕이 강하게 비추어 내리지만 천장에 있을 법한 유리나 창문 같은 것은 어디에도 없었다. 이런 비현실적인 이야기, 믿기 힘든 이야기이다. 내가 예전에 살

앗던 장소에서는 이런 것을 비현실이라고 부른다. 그 정도는 기억하고 있지만 그 현실 세계의 기억이 또렷하지 않고 꿈속에 있는 듯 마취에서 아직 풀려나지 못한 듯이 나는 막연하게 멀리 있는 기억을 갈망하며 현실로 돌아가 보겠다는 희망을 갖고 있다. 기억이 또렷하지 않은 것은 새로운 세계를 맞이하는 문화적인 충격 탓인 것일까, 아니면 혹시 나는 현실에서 사망을 했고 갈 곳 없이 헤매는 그런 존재가 되어 버린 것은 아닐까 하는 여러 가지 추측을 해 보는데.... 앗, 그녀의 첼로 연주가 시작하였다! 나는 빠른 걸음으로 언덕을 넘어 동그란 집에 단숨에 도착해 두근두근 떨림을 가득 안고 떨리는 손으로 그곳의 문을 조심스럽게 열어 본다. 항상 같은 시간 같은 장소에 길고 까만 머리를 내려뜨린 흰옷을 입은 여성이 첼로를 연주한다. 가끔가다 학교 교복 같은 옷도 입고 등장하고는 하는데 대체적으로는 하얀 옷이다.

문을 열고 보는 것은 물론 실례이다. 처음 시작된 이야기로 변명을 해 본다면 우연히 들어와서 연주를 듣게 되었고 요즘은 매일매일 방문하고 있기 때문에 내가 들어왔다는 것을 그녀는 눈치채고 있을 것이라는 확신은 하고 있다. 그렇지만 그녀에게 어떻게 다가갈까 하는 망설임도 있어서 말을 걸어 볼 타이밍을 잡지 못하고 있는데 그녀가 연주하는 도중에 말을 걸어 보는 것은 그녀에 대한 실례이고 음악에 대한 실례이기도 하다. 그래서 다가가기를 주저한다. 하지만 말을 걸어 봐야 한다는 마음만은 간절하다. 그녀의 음악이 끝났을 때가 최고의 타이밍일 것인데 음악이 끝났을 때 다가가 대화를 시도했던 적이 여러 번 있었다. 하지만 안타깝게도 음악이 끝나는 그 진동 소리와 함께 그녀도 공기 속으로 사라져 버린다. 그녀의 미모는 살짝 어벙해 보이는 백치미라고 생각하는데 미모도 미모이지만 나의 영혼 깊은 곳까지 울리며 이곳을 매일 아침 방문하게 하는 가장 큰 요소는 단연 그녀의 깊은 첼로 소리이다. 하늘에서 내려온 선물 같기도 하고 사람이 내는 소리가 아닌 것 같다는 생각도 가끔 하게 되는데 유명인으로 텔레비전에 출연하여 연주하는 첼리스트들을 보아도 음이 자주 흔들리며 불안해지는 경향이 꽤 빈번하고 전체적인 흐름을 이끌어 가지 못하고 첼로에 끌려가기도 하는 상황이 자주 발생하기도 하지만 그녀의 첼로만큼은 천둥처럼 웅장하고 얼음처럼 차분하고 마치 귀신처럼 소절들을 이어 나가는 사람 같지 않은.... 앗! 내가 지금 귀신이라고 말을 하였다. 혹시 그녀는 귀신인 것인가? 나는 지금 사후 세계에서 떠돌고 있는 것은 아닐까. 이렇게 끊임없는 상상의 나래로 하루를 보낼 때도 있다. 그녀의 연주가 곧 끝날 것이다. 내가 이곳에 있다는 것을 그녀가 알아주었으면 한다. 마치 절벽에서 떨어지다가 잡은 나뭇가지처럼 이세계에서의 시작점에서 그녀의 첼로 선율에 간절하게 의지하고 있다.

연주가 끝날 때쯤 되면 그녀의 목 주변에 땀이 고이는 것을 볼 수가 있는데 그녀는 아무래도 사람인 것이다. 내가 말을 걸어 주기를 바라고 있는지도 모른다. 이런 허황된 상상을 하고 있는 사이 그녀는 여느 때처럼 오늘도 공기 속으로 사라져 버렸다. 아쉽다. 그리고 아쉬움을 가득히 안고 시작점으로 되돌아가는 길은 너무나 외롭다. 언젠가 그녀와 이야기할 시간이 올 것이다!

시작점의 주변에 적응이 되고 있는 지금 여행을 해 보기로 결심하였다. 표지판에 쓰여 있는 이상한 문자들은 읽을 수는 없지만 그 내용들이 형상화되어서 머릿속에 인식할 수가 있었는데 이곳의 지형이 조금 특이하다는 생각이 든다. 내가 있는 이 시작점 지역을 패서디나라고 부르는 것 같고 남쪽으로는 산가브리엘이라는 지역이 자리 잡고 있다. 왠지 천사가 사는 곳은 아닐까 하는 추측을 하게 되었다. 동쪽으로는 템플시티라 불리는 곳이 있어서 왠지 게임 속의 웅장한 음악이 나올 것 같은 기분이 들기 때문에 오늘 처음으로 여행하기로 결정한 장소는 바로 그곳 템플시티이다. 그리고 북쪽으로는 '위'라는 뜻의 '알타(Alta)'가 쓰여서 패서디나 위쪽으로 알타데나(Altadena)라는 곳이 있다. 이 지역의 이름들은 내가 예전에 있던 현실 세계의 특정한 지역의 이름들과도 일치한다. 크게 다른 점이 있다면 이곳에는 빌딩이 없고 다니는 차들도 없다. 유일하게 내가 발견한 사람은 첼로를 켜다가 사라질 뿐. 이곳에 와서 어느 누구와도 이야기를 해 본 적이 없다.

패서디나라는 말은 미국 인디언의 말에서 유래되어 '계곡의 열쇠'라는 의미를 담고 있는데 이 계곡에서 중요한 열쇠를 발견하면 이세계일지도 모르는 이곳에서의 퀘스트를 끝내고 현실 세계로 되돌아가는 것은 아닐까 하는 꽤 그럴싸한 상상을 해 보며 시작점에서의 처음으로 하는 여행, 템플시티로의 여행을 지금 시작한다!

길을 따라가면 좋을 텐데 특별하게 길이라고 불릴 만한 곳은 눈에 띄지 않고 같은 높이로 펼쳐진 갈대밭이라든지 드문드문 보이는 돌다리라든지 작은 시냇물 같은 것들이 간간이 나열되어 있다. 왠지 나올 것 같은 함정이나 마물 같은 것들은 아직 등장하지 않았다. 길을 모를 때는 이리저리 뛰어다녀 보기도 하고 심심할 때면 조금 더 빨리 걸어 보다가 빨리 뛰어 보기도 반복했다.

짧은 여행으로 쉽게 도달한 템플시티의 입구에 있는 작은 표지판에는 '공존하는 시간'이라고 적혀져 있었고 입구 가까이에 있는 작은 나무들이 있는 숲속으로 들어갔을 때 드디어 목적지인 템플(Temple)을 발견할 수 있었는데 예상대로 게임에서 본 것 같기도 하고 거대하고 웅장하기도 한 템플이 그곳에 있었다. 이곳에 들어가면 살아가는 데 필요한 아이템 같은 것이 있지는 않을까 하는 기대도 해 보며 조심스럽게 한 발짝을 계단에 디뎌 보았다. 앗! 굉장한 위화감이다. 도대체 무얼까? 무엇이 있는 것인가? 돌아가야 하나? 위험이 감지되었다고 해서 모험의 문 앞에서 이제 시작일 뿐인데 제대로 확인도 못 한 상태로 되돌아갈 수도 없는 일이다. 처음으로 여행을 한다는 긴장감도 있지만 아무리 내가 겁쟁이라 한다 해도 여기서 겁을 먹고 무서워서 돌아간다면 나는 한심한 사람으로서 평생을 시작점에서 뛰어다니다가 생을 마감하게 될 것이다.

우선 계단을 올라가 보면 더 많은 것을 알 수 있을 것이기에 계단을 오르기 시작했는데 올라가는 도중 그 위화감은 점점 더 조여 오고 들려오는 소리도 귀를 간지럽히며 점점 더 기분 나쁜 소리로 변해 가고 있었다. 그래도 나는 한 계단 한 계단 차곡차곡 밟아 올라가 계단의 끝까지 겨우겨우 도달하였고 웅장한 템플에 어울릴 만한 템플의 입구를 가까이서 보게 되었다. 커다란 용기를 낸 내가 자랑스럽다. 이것은 나의 용기의 시작일 것이다. 나는 앞으로도 이렇게 용기를 내어서 이세계 전체를 여행하고 말 것이다! 이렇게 나를 응원해 보지만 어렸을 때부터 겁이 많은 성격인 나는 무리를 하고 있다는 것이 느껴졌고 긴장한 탓에 벌써 많은 에너지가 소모되었다.

입구의 주변을 차분히 조사하고 안으로 들어가는 것이 안전한 절차를 밟는 순서이었겠지만 조바심이었을까, 궁금증이었을까. 그 문을 조심성 없게도 나는 바로 열어 버리고 말았다. 뜨! 그 순간 귓가를 간지럽히던 그 소리가 무엇이었는지 진동으로 제대로 울리기 시작하였고 건물의 안쪽으로부터 거대한 벌레 한 마리가 나를 향해 고개를 돌리고 있었다. 눈이 마주쳤다! 올 것이 왔다! 오고야 말았다! 세상에서 내가 가장 무서워하는 벌레가 이런 크기로 있는 것은 곤란하다. 한계를 넘어선 무한대의 허들이 첫 여행의 첫 마물로 등장을 하게 된 것이다. 가로 3m, 세로 5m 정도로 보이는 바퀴벌레 비슷한 형상을 하고 있는 그 녀석은 지금 바로 나에게 달려올 기세이다. 위기의 시간이다. 시간과의 싸움이다. 그리고 그 시간이 그리 많아 보이지는 않는다. 바닥을 보니 여러 개의 아이템이 놓여 있는데 기다란 삼지창, 녹색의 재킷, 돌로 만들어진 방패 그리고 배를 저을 때 쓰는 단단한 나무로 만들어진 노. '이 네 가지의 아이템은 누군가가 바닥에 떨어뜨린 것일까? 내가 사용해도 되는 것일까?' 이런 생각을 하는 사이 불과 0.8초가 흐르기도 전에 그 거대한 벌레가 전속력으로 달려와 템플의 중앙까지 도달해 있었다. 그 빠른 속도에서 내가 살아남기 위해서는 아무래도 0.5초 안에는 나의 무기를 결정해야 할 것이다. 저 벌레의 껍질이 두꺼워 보이지는 않는다. 벌레라서 뼈도 없을 것이고 배고파 보이는 걸 보니 위 안에 든 것도 없을 것이다. 그렇다면 중량이 가벼울 수 있고 가벼운 벌레를 공중에 들어 올리는 것도 가능한 일일 것이다.

　바퀴벌레의 초반 공격은 다리를 이용해 나를 고정시키는 것일 텐데 그 다리의 길이보다 더 긴 물체가 있다면 가장 좋은 방어가 되어 줄 수도 있다. 기다란 삼지창의 손잡이 부분을 두 손으로 꽉 붙잡고 벌레의 머리와 배의 중간점을 향해서 높게 들어 올렸다. 그렇게 해서 벌레의 움직임을 묶는 것에 성공해 첫 번째 공격을 막을 수는 있었지만 요동치는 벌레를 상대로 오래 버틸 수는 없다. 넓은 반경의 타격을 줄 만한 아이템이 있다면 좋을 것이다. 생각할 시간도 없이 거의 본능적으로 나는 창을 돌려서 바퀴벌레를 우선 뒤집어 놓고 망설일 시간도 없어서 바로 돌로 만들어진 무거운 방패를 양손으로 들어 올려 벌레의 배 윗부분을 향해 집어 던져 버렸고 푹 하는 소리와 함께 비틀 주스(Beetle Juice)가 나오며 게임은 종료되었다.

후~ 첫 여행에서 처음 보는 마물로는 허들이 너무 높았다. 급하게 움직여서 그런지 체력 소비도 많았고 만약 똑같은 마물이 한 마리 더 나타난다면 승산이 있을지가 의문이다. 우선 쉬어야겠다. 템플 안을 둘러보며 아직 거친 숨을 쉬고 있던 중 으르렁하는 소리가 들려오고 그와 함께 커다란 사자 한 마리가 튀어나온다. 뜨! 또 왔다!

크기는 보통 사자의 2배 정도 되어 보이고 이빨이나 발톱의 모양은 평범한 그냥 사자이다. 잠시 멈춰 서 나의 움직임을 주시하던 사자는 다시 으르렁거리며 어슬렁 걸어 다니고 있는데 이 소리는 나의 기를 꺾기 위한 으르렁거림으로 짐작해 본다.

겁을 먹어서는 안 될 것이다. 겁을 먹는 순간 근육이 굳어져 좋은 속도와 힘을 내는 것도 물론 힘들어지게 되고 그렇게 되면 전투에서 이길 승률 또한 낮아지는 동시에 뇌의 활동까지도 둔해지게 되면서 끝내는 제대로 된 대응책이나 계획을 생각해 내지 못하게 될 것이고 바로 게임 종료가 된다.

  기에 눌리지 않고 나와 사자의 커다란 차이점을 간파한다면 승산이 있을 것이다. 사자의 무서움은 날카로운 발톱과 이빨을 뒷받침해 주는 강력한 근육일 것인데 다리가 넷이나 있는 사자도 중심을 잡고 생활을 하는 동물이기에 기본적인 물리 원칙에서 벗어나는 움직임은 보이지 않을 것이다. 첫 번째로 계획한 것은 방어보다는 공격에 힘을 실어서 초반부터 사자의 기를 눌러 버리고 유리한 상황의 흐름을 이어 가 승부를 내는 것이다. 사자가 발톱을 휘두를 때 나도 같은 공격을 하려면 나의 무기는 삼지창일 것이다. 삼지창을 부러뜨려 왼손에 감아서 나의 왼 발톱을 마련했는데 이 작전에는 관절의 각도와 미세한 타이밍이 생사를 결정지어 줄 것이고 승률을 높이기 위해 바닥에 있던 녹색 재킷을 집어 들었다. 녹색 재킷으로 사자의 시야를 가려서 발톱이 부족한 나의 핸디캡을 보완해 전체적인 타이밍을 내가 유도해 나의 시간과 공간을 만들어 낼 수 있다면 전력을 다해 해 볼 만한 전투가 될 것이다. 하지만 한 걸음 전진도 하기 전에 이 전투는 바로 종결되었다.

사자가 발톱을 감추며 나를 반겨 준다는 눈빛을 보내오고 있고 왠지 입가에는 미소를 짓는 듯도 보였는데 좀 전의 으르렁거리던 경계 태세의 기운은 완전히 수그러들어 평온해 보이기까지 한 분위기가 되어 버렸고 나도 무기를 들고 있을 이유가 없게 되었다. 왼손에 감아 두었던 부러진 삼지창을 풀어서 바닥에 놓고 나니 그 사자는 따라오라는 눈빛을 보내 주어서 나는 따라가기 시작하였고 사자는 나를 이끌고 어디론가 걸어가기 시작한다. 다행이다. 첫 번째 전투에서 벌써 체력이 고갈된 상태에 있던 나는 안심의 호흡을 길게 하며 걸어가는 도중 주위를 둘러보는 여유도 갖게 되었다. 좁은 복도로 들어가자 석고로 이루어진 회색 벽에는 나무 테두리를 한 창문들이 있었고 좁은 복도의 내리막길의 끝에는 같은 재질의 나무로 만들어진 문과 창문에 쓰인 것과 같은 두께의 뿌연 유리가 문손잡이 위쪽으로 있어서 안쪽을 들여다볼 수도 있을 것 같았다.

저 문을 열면 무엇이 있을까? 무언가 보여 주려고 나를 이곳까지 데려왔을 것이다. 혹시 내가 겁을 먹지 않은 것에 대한 선물을 주려는 것은 아닐까. 아니면 누군가를 소개해 주는 것일 지도 모른다. 문 안쪽의 일도 궁금하지만 사자의 존재도 역시 궁금하다. 나를 공격하지 않는 사자는 무슨 이유로 이곳에 있고 이곳에 얼마나 오래 있었을까. 자신의 역할이 있어서 길을 안내해 주며 자신의 구역에서 벗어나지 못하는 안타까운 상황일 가능성도 배제할 수는 없다. 저 문을 열고 들어간다면 많은 비밀이 보일 것이다.

　문 앞에 도착한 사자는 한 걸음 뒤로 물러나 그곳을 확인해 보라는 신호를 보내 주었다. 뿌옇게 보이던 유리 장식에 눈을 가까이 대자 안쪽이 보이게 되었다. 혹시 내가 등을 보인 사이에 돌연 마음을 바꾸어 사자가 나를 공격하는 시나리오도 전개될 수 있겠지만 그 정도의 위화감은 감지할 수 있을 거라는 자신감이 있었다. 그리고 그 눈빛을 신뢰하고 있었다.

　안쪽의 공간에서 움직이고 있는 사람들이 또렷하게 보이고 그 사람들은 내가 예전에 보았던 사람들 같았고 그 공간도 내가 방문한 적이 있었던 공간이라는 것을 감으로 알 것 같았다. 우선 사람을 만날 수 있다는 것에 반가웠기에 자연스럽게 유리 문을 열고 그곳으로 들어가게 되었다.

커피를 만들어 주고 있는 바리스타들이 보이는 이곳은 카페이다. 그중에는 항상 친절하게 내 이름을 불러 주며 따뜻한 커피를 소중하게 전달해 주고 가게의 손님들과 물건 하나하나를 정성스럽게 자신의 것처럼 챙기는 직원도 있었다. 그렇다. 이곳은 현실 세계이다! 문을 열어서 들어온 이 공간만큼은 현실 세계인 것이라는 생각이 든다. 벽에 기대어 책을 읽고 전화 통화를 하고 이야기에 몰두하고 있는 사람들이 보이는 자연스러운 도시의 카페이다. 나는 서둘러 주문대로 향하였다. 사람과 이야기도 하고 싶었지만 커피도 마시고 싶었다!

"안녕하세요. 잘 지내시죠? 아이스커피 부탁합니다."

내가 원하는 모든 정보를 던지지 않았다. 바리스타가 질문을 할 공간을 남겨 두어서 이야기를 유도하기 위해서이다. 그것이 계획이었는데 이상하게도 아무런 반응이 없다.

"제 설명이 부족했네요. 보통 사이즈로 오트 밀크 넣어서 휘핑크림 없이 부탁드립니다."

추가 설명을 한 나의 이 말에도 반응을 보이지 않는 바리스타이다. 친절하던 바리스타였는데 내가 뭔가 잘못이라도 한 것인가. 그러더니 오히려 그 자리를 떠나 버렸다. 앗, 뭔가가 이상하다! 나는 뒤를 돌아 주위를 살피고 내 뒤에 서 있는 하얀 피부에 편한 구두를 신고 좋은 향기가 전해져 오는 여성에게 말을 걸어 보았다. 평소 같으면 처음 보는 이런 미인에게 말하는 것은 벌벌벌 떨리는 일이라 말을 더듬게 되기도 하지만 지금은 다급한 상황이라는 판단을 하게 되어 용기 내어 말을 걸어 보았다.

"실례합니다. 지금 시간이 몇 시죠?"

나의 이 말에 그녀는 이렇게 대답한다.

"두 시 인터뷰입니다."

시간을 말해 주었지만 미묘하게 맞지 않는 대답이다. 그 말이 끝나고 그녀는 나를 자연스럽게 지나쳐 테이블에 앉았고 그곳의 바리스타가 다가와 아르바이트 인터뷰를 시작한다. 그들은 나를 인지하지 못하는 것이었다. 다행인 것은 그녀가 들고 있던 전화기에서 이곳의 날짜가 2022년이라는 것을 확인하였고 내가 예전에 있던 세계도 2022년이기에 이 카페는 내가 잘 알고 있는 곳으로 일하는 바리스타들도 일치했기에 이 공간은 현실 공간이고 나는 이세계에서 여행 온 방문객이라는 가능성이 높아진 것이다.

내가 저 문을 열고 나간다면 아마도 그곳에는 현실 세계가 아닌 이세계의 사자가 기다리고 있을 것이다. 그렇다면 사자가 나를 이곳으로 인도한 목적은 문이 작동하는 원리를 보여 주어 나의 예전 기억들을 떠올릴 수 있도록 도와주기 위해서가 아닐까 하는 추리에 도달하였다. 추리? 혹시 나의 직업은 추리를 하는 사람이었을까? 사실 이세계 같은 공간에서 마물을 보면서 나의 직업으로 은근히 마법사를 바라고 있었다. 불과 물을 에너르기처럼 발사하는 레벨 무한대의 직업을 꿈꾸고 있었다!

　문으로 나가기 전에 테이블에 앉아 있는 손님들에게도 말을 걸어 보았지만 그들 역시 나의 존재를 인지하지 못하였고 나는 조금 기운이 빠져서 들어온 문을 따라 다시 사자가 있는 곳으로 되돌아왔다. 그곳에서 나를 쭉 지켜보고 있던 사자는 나를 불쌍하다는 눈으로 쳐다보며 잠시 생각하더니 따라오라는 신호를 보내 주었다. 돌아온 길을 따라 복도를 두 번 돌아서 쓰러진 거대한 벌레를 넘어 템플의 입구까지 나왔고 그곳에서 사자는 멈춰 선다. 그리고는 바닥에 있는 아이템들을 전부 가져가라는 듯 고개를 끄덕여 주었는데 나는 그토록 기다리던 아이템이라는 것을 사양하지 않고 눈물이 앞을 가릴 정도로 기쁜 마음으로 주워 담게 되었다. 감사의 마음을 담아서 사자에게 인사를 하였다. 수사자였다면 악수를 청했겠지만 암사자라서 꼭 안아 주었다. 녹색 재킷은 착용해 보았더니 나에게 딱 맞았고 기다란 배 젓는 노와 돌 방패는 꽤 무거웠다. 그래도 시작점까지 무사히 모든 아이템을 들고 도착하였다.

이세계(異世界)에서의 시작점

첫 여행에서 무사히 살아 돌아온 나는 날이 저무는 이 시작점에서 이런 생각을 하였다. 이곳은 현실과는 다른 이세계이지만 현실의 세계는 멀리 있지 않다. 무엇보다도 그 위치가 정확히 일치한다는 것은 오늘 방문한 템플에서도 확인할 수가 있었다. 시간과 위치가 일치하기에 현실 세계로 돌아갈 수 있는 길은 아마도 종이 한 장 차이로 내가 아직 알고 있지 못할 뿐일지도 모른다.

다음 날 아침은 어느 정도 생겨난 자신감으로 산가브리엘이라 불리는 남쪽 지역으로의 여행을 준비하고 있다. 고맙게 받은 아이템들을 어루만지며 뿌듯한 마음과 웃음을 감추지 못하며 있는 동안 오늘 아침도 어김없이 들려오는 그 첼로 소리에 모든 것을 뒤로하고는 황급히 달려가기 시작했다. 30초 거리에 있는 동그란 집은 오늘도 굳건하게 나를 기다리고 있었고 그 문을 조심스럽게 열어 본다. 빛이 강타하는 이 공간의 중심에서 첼로 표면의 니스가 광택을 내며 반짝거리고 있고 그 반짝거림은 깊은 진동과 함께 전해져 나의 장기까지 핥고 지나가며 나의 몸은 소스라치게 바르르 떨린다. 이것은 음악의 감동이고 그녀의 마술이다! 산가브리엘이라는 남쪽으로 여행을 떠나기 전에 오늘은 꼭 그녀와 이야기를 해 보고 싶었다. 성격이 소심

한 나는 오늘도 여러 번 망설였지만 첫 번째 여행 이후로 사람과 이야기하고 싶다는 욕망이 더 강해져서 무심결에 그녀에게 다가가 버렸고 그녀의 연주가 끝나기도 전에 무례하게 말을 걸어 버렸다.

"저기, 쭉 지켜보고 있습니다."

그러자 그녀는 연주를 멈추고 첼로를 옆에 놓고는 고개를 들어 나를 향해 말문을 열었다.

"아침에 조용히 연주하기 딱 좋았는데 역시 방해하다니.... 내 음악을 듣는 거로는 만족하지 못하고 감히 집중하는 도중에 끊어 버리다니 실망이야."

그리고 즉시 나의 아이템 중 하나인 돌 방패를 뺏어 간다는 말과 함께 다시는 이곳에 오지 않겠다는 말을 남기며 공기 속으로 사라져 버렸다. 실수였다. 나의 성급함이 모든 걸 날려 버렸다. 아이템도 아이템이지만 그 깊은 첼로 소리를 더 이상 듣지 못한다고 생각하니 눈앞이 막막해져 버린다. 그녀의 첼로 소리는 그냥 첼로 소리가 아니다. 이세계에 온 나를 지탱해 주는 커다란 힘이었다. 이세계에서 사람과 처음으로 나눈 대화는 나의 성급함으로 인해 이렇게 못생기게 막을 내리고 있다.

"다 필요 없다! 아이템들도 전에 있던 세계도 이세계도 첼로 소리가 없다면 그냥 모든 걸 떠나는 것이 나을 것이다. 왠지 알 것 같다. 내가 맘만 먹으면 이곳을 떠날 수 있다는 것을!"

이런 막무가내 생각을 해 버린 순간,

"꽤 괜찮은 남자라고 생각하고 있었는데 이세계에서는 형편 없는 인물로 전락하고 말았군. 그냥 어린애잖아. 정신 연령이 너무 어려!"

뜨! 첼로의 그녀가 다시 돌아와서 나를 지켜보고 있었다. 내가 주절주절 떠드는 이야기까지 전부 들켜 버리고 만 것이다. 창피하다! 그리고 숨을 곳이 없다!

"이전의 기억들만 잃어버린 것이 아니고 인격까지 같이 사라진 것 같군. 아니면 원래 지금이 본모습인데 열심히 노력해서 새로운 사람이 되었다든가."

이 첼리스트 꽤 예리하다. 그리고 나를 제대로 잘 알고 있는 사람인 듯한데 자초지종을 물어봐야겠다.

"정신 차려! 아무리 혼돈이 왔다고 해도 사람의 본모습을 잊어버리고 자신이 원하는 질문에 빠지기 바쁘다니. 원래의 넌 이렇지 않았잖아. 너의 입장보다 상대방을 먼저 생각하는 사람이었다구!"

내가? 그런 사람이었다?

"그냥 버려두고 가 버릴까도 생각해 보았지만 다른 곳에서 너를 기다리는 사람들의 바람이 있어서 그리고 혹시나 하는 가능성이 있어서 다시 돌아왔으니 쓸데없는 생각은 접어 두고 자신이 누구인지 먼저 제대로 인식하도록 해! 지금부터 남쪽으로 하게 되는 여행은 너의 친구들을 만나게 되는 여행이 될 거야. 그리고 너에게 도움이 될 사람들을 만나게 될지도 몰라. 정말 중요한 순간들이 다가올 테니 숨 쉬는 힘까지 총동원해 살아가기를."

　짧은 시간에 쏟아지는 말로 나는 당황했고 많은 말을 해 주셨지만 '사람이 그렇게 쉽게 바뀌는 것이 가능한 것일까?' 하고 생각하는 현재의 나는 나약하고 정신이 불안하고 걱정으로 일분일초를 보내고 있는 상황이다. 이런 내가 열심히 살아가면 바뀔 수도 있는 것일까.
　"첼리스트님, 저를 계속 지켜봐 주실 건가요?"
　"처음으로 질문다운 질문을 했군. 앞으로도 그런 마음가짐으로 좋은 질문을 준비한다면 계속 지켜봐 줄 가능성도 없지 않아 있을지도."
　이 말과 함께 그녀는 다시 사라졌고 물론 나의 돌 방패 아이템은 돌아오지 않았다.

산가브리엘으로의 여행

시작점은 충분한 휴식을 취하기 적합하지만 이번 여행은 조금 들떠서 일찍 일어나게 되었고 첼리스트와의 대화도 있었고 해서 부족한 에너지인 상태이지만 아침 일찍 시작점에서 떠나 보기로 했다. 막상 걸어가려고 생각하니 산가브리엘로 뻗은 휘어진 길은 상당한 거리라는 생각이 든다. 현 세계에서 운송 수단에 의지할 때는 이렇게 긴 길이라고는 상상도 못 하고 있었다. 만약 이 길을 그냥 걸어간다면 앞으로 두 시간 정도 걸릴지 아니면 뜻밖의 일이 생겨서 더 걸리게 될지 모르는 상황이겠지만 산가브리엘에도 내가 경험해 보지 못한 특별한 일들이 기다리고 있을 거라는 생각에 결심을 굳게 다지고 걸어 보기로 했다. 30분 정도 걷고 있는 지금 체력이 떨어지는 듯해서 잠시 쉬기로 하고 바닥에 앉아 잠시 주위를 둘러보게 되었다. 길 저편에 기다란 벤치같이 보이는 곳에 앉아 있는 조금은 통통해 보이는 여자가 있다는 것을 발견하게 되었다. 이런 곳에서 사람을 만나다니. 왠지 나를 쳐다보는 그녀의 시선이 감지되는데 아마도 기분 탓일 것이다. 앗! 그녀가 입고 있는 그 옷은 바로 메이드복! 이런 곳에서 메이드복을 만나다니! 사실 나에게는 아무에게도 말하지 못한 비밀이 한 가지 있다. 나는 만화를 좋아하고 만화에서 나오는 메이드복을 입은 여자에게 히자마쿠라(무릎베개)를 해 보는 것이 은근히 숨어 있는 나의 커다란 욕망이다. 저편의 벤치에 앉아 있는 메이드복의 그녀에게 다가가서 바로 말을 걸고 싶지만 앉아 있는 것을 방해했다고 화를 내지는 않을까 하는 생각이 드는 것은 벌써 첼로 여자의 이미지가 트라우마로 자리를 잡고 있다는 것인데 그래도 내 앞에 있는 메이드복을 입을 여자를 그냥 지나치기에는 내가 나를 용서하지 못할 것이고 그녀에게 다가가 안부라도 물어봐야지 하는 생각으로 큰맘 먹고 다가가 보았다. 아마도 못생긴 나를 싫어할수도 있겠지만 그래도 가까이 다가가서 보고 싶기도 하다. 메이드복의 그녀를!

"저기, 안녕하세요."

대답이 없다. 역시 내가 너무 못생긴 것인가. 아니면 템플시티의 사람들처럼 나를 인지하지 못하는 것은 아닐까. 그럴 수도 있겠지만 아무래도 그녀의 눈빛이 나를 보고 있는 듯하다. 설마 그럴 리가! 조금 더 가까이 다가가 보았다.

"안녕하세요. 오늘 날씨가 덥죠? 저는 걸었더니 땀이 조금 나네요."

여전히 아무런 대답도 얻지 못했지만 이상하게도 그녀는 나를 간절하게 바라보고 있는 것 같다는 확신이 점점 더 강해져 오고 있기에 나는 한마디 더 해 보았다.

"아마도 제가 땀이 많이 나는 이유는 많이 걸어서인 것도 있겠지만 역시 조금은 긴장하고 있는 걸지도 모르겠습니다."

잠시 정적이 흐르고 그저 나를 바라보고만 있는 것 같은 눈을 하고 있는 그녀를 주시해서 살펴보았는데 이것은 부자연스럽다. 나의 취향을 완전히 간파한 이 겉모습은 이곳에 와서 겪은 가장 현실적이지 않은 사건일 수도 있겠다는 생각을 하게 되었는데 그렇지만 애처로운 눈빛을 하고 있는 그녀가 왠지 친숙하다는 생각도 있어서 그녀는 혹시 내가 알고 있던 사람이든지 알고 지내던 누군가일지도 모른다는 생각을 했고 그럴 수도 있겠지만 반응이 없는 그녀에게 더 이상 대화를 시도하는 것도 실례라는 생각이 들어 메이드복의 친근한 그녀를 뒤로하고 나는 다시 걷기 시작했다.

　반가웠다. 나를 쳐다보고 있는 것 같은 오해를 했던 그녀. 다시 만난다면 다른 방법으로 대화를 시도해 보는 것이 나을 것이다. 나를 인지하지 못한다 해도 혹시 나의 기척이 전달될 수는 있지 않을까. 한참을 걸어가던 나는 다시 생각하게 되었는데 아마도 나는 이런 식으로 항상 기회를 놓쳐 버리는 사람이 아니었을까. 이런 기회는 두 번 다시는 오지 않을 것이 당연한 것 아니겠는가. 내 인생에 만화 같은 메이드복의 여자가 나를 쳐다봐 준 적이 있었던가. 이번 기회를 놓친다면 다시는 돌아오지도 못할 인생 최대의 후회를 하게 될 것이 뻔할 것이고 나는 평생을 방 안에서 아니 이곳 시작점에서 후회만 하다가 늙을 수도 있을 것이다. 다시 그녀에게 가야 한다. 가서 물어봐야 한다. 정말 나를 보고 있는 것이 맞았는지 아니면 나의 착각이었던 것인지. 적어도 최선을 다해 대화를 시도해 보자! 나는 용기를 내어 걸어왔던 길을 향해 방향을 돌렸다.

　멀다. 잠깐 걸어왔다고 생각했지만 다시 걸어간다고 생각하니 아득하게도 멀다. 만약 열심히 걸어서 그곳까지 도착했는데 그녀가 없다면 아무런 성과도 없이 다시 이 길을 걸어오게 되는 같은 일을 반복한다는 허탈감에 빠지게 될 것이다. 지나쳐 온 길을 다시 돌아가는 이 계획을 포기하고 편안히 가던 길을 가는 것이 나은 것일까. 하지만 포기한다고 생각하니 그녀가 더 보고 싶어졌다. 그렇다면 달려가자! 전속력으로 그녀에게 달려가자! 어린 시절 못다 이룬 아쉬움들과 만화를 읽던 시절의 모든 희망과 에네르기를 모아서 전력으로 달리는 것이다. 그녀가 있는 곳으로!

걸음의 보폭을 크게 해서 리듬을 감지하고 속도를 올리기 시작해서 보폭을 감당할 만한 충분한 속력이 붙게 되자 다리가 땅에 닿는 동안의 그 시간을 단축하는 것에 전념을 해 보았다. 속도가 나기 시작한다. 발이 땅에 닿는 시간을 더 짧게 하여 그것으로 생기는 속도를 감당하기 위해 다리가 앞으로 나올 때의 높이를 조금 더 높여 본다. 이 리듬이 자동적으로 이루어지자 전속력까지 도달하였다. 속도가 빨라지는 순간 길과 나무들이 고속도로 사인처럼 빠르게 지나가기 시작하는데 그와 함께 많은 생각도 동시에 지나쳐 가는 것을 경험하게 되었다. 마치 죽고 나서 본다는 주마등이 이런 것인가 하는 생각도 들게 되었고 나는 혹시 정말 죽은 것은 아닐까, 죽은 사람이 잠시 머문다는 그런 공간에 들어와 있는 것은 아닐까 하는 상상도 해 본다. 이런저런 생각을 할 때의 이점은 다리에 너무 신경을 쓰지 않게 되어 다리가 자동으로 움직이도록 도와준다는 것이다. 너무 다리에 신경을 쓴다면 신경에서의 전달 물질의 양이 바뀌게 되어 달리는 동안 그 흐름의 조절이 힘들어지고 자동적으로 움직이던 리듬도 무너질 수 있게 된다.

　전속력으로 달리는 것은 역시 많은 에너지를 필요로 한다. 나는 곧 심장이 터질 것 같은 고통과 폐가 터져 버릴 것 같은 고통을 감지하기 시작했지만 고통의 끝은 아직 시작도 안 했다. 이것을 견뎌 낸다면 정말 고통의 끝이 어떤 것이지 몸이 자동적으로 말을 해 줄 것이다.

　고통의 끝이 오기 전에 꽤 달려왔다는 생각을 했고 주위를 둘러보게 되었는데 그곳에는 아직도 벤치에 앉아 있는 그녀가 있었다. 전력 질주를 한 덕분에 나는 빠른 시간 안에 돌아온 것이다. 다행이다! 천만다행이다! 아직도 기다려 주고 있었다! 설마 나를 정말 기다리고 있는 것은 아닌가 하는 상상이 희망이 되고 그 희망이 달리는 속도를 늦추고 있는 지금 확신으로 바뀌고 있다.

벤치 바로 앞에 도착하자 나는 무게 중심을 뒤로하며 급정지를 시도하였고 다리가 멈췄을 때는 나의 상체가 앞으로 숙어져 그녀와 부딪히지 않고 바로 앞에 멈춰 설 수가 있게 되었고 나의 상체는 가쁜 숨으로 들썩거리고 있었다. 극도의 고통과 극도로 요동치는 심장이 아직도 쿵쾅거리고 있었는데 숨을 고르기 위해 나는 한동안 땅을 쳐다보고 있어야 했다. 그러는 동안에 나를 바라보고 있던 그녀는 조심히 일어나는 것 같았다. 그리고 그녀는 나의 심장의 진동이 미치는 공간에 들어와서 나의 양손을 꼭 잡아 주었다. 그리고 한마디를 내 귀에 속삭이며 공기 속으로 사라져 버린다.

기. 억. 해. 요.

그녀의 목소리는 천사의 키스처럼 나의 귀에 전해졌고 나의 눈은 휘둥그레지고 말았다. 기억들이 있다. 내가 기억해야 할 사람들이 있다. 내가 잊어서는 안 되는 사람들이 나를 기다려 주고 있는 것인가. 그래서 나에게 단어를 전달해 주는 대화를 시도한 것인가. 내가 어떤 사람이었는지 어떤 일을 했었는지의 기억을 정확한 형상으로 떠올릴 수는 없지만 기억해 달라는 그녀의 말 한마디가 굉장한 무게감과 절실함과 함께 전달되어 왔기 때문에 아직도 숨 고르기를 하며 몸이 들썩거리는 나이지만 이 상황을 제대로 파악하기 위해 눈을 깊게 감고 깊은 생각을 시도해 보았다.

예전에 있던 곳이 있었고 나를 감지하지 못하는 사람들도 있다. 그리고 지금 나를 감지하고 대화를 시도하려는 사람이 있었다. 이 기억들의 퍼즐들을 맞춰 보고 싶지만 아직 퍼즐이 부족하다. 그래서 우선 기억해 달라는 그녀의 한마디를 마음속 깊은 곳에 저장하고 다시 가던 길을 가자고 결심을 하게 되었다. 너무나 아쉽지만 이번 여행에서 필요한 퍼즐을 얻게 되기를 희망한다.

벤치가 있던 곳에서 20분 정도 더 걸어서 드디어 도착한 곳은 산가브리엘. 주위를 둘러보니 작은 건물 몇 개가 보인다. 이곳은 상점가인 것인가. 조금 더 걸어가 보니 <라스투나스 카페>라고 쓰여 있는 벽돌로 지어진 허름한 건물에서 커피의 향기가 새어 나온다. 벽돌로 둘러싸인 커피집. 화려한 곳인지 아늑한 곳인지 감이 잡히지 않는 곳이라 망설여지는 곳이다. 안이 잘 보이는 곳이라면 맘 편안히 들어갈 수 있겠지만 안에 무엇이 있을지 모를 상황이라 역시 망설여진다. 이대로 그냥 왔던 길을 되돌아가는 방법을 선택했을 나이기도 하지만 커다란 무게감이 마음속에 자리 잡고 있는 지금의 나는 예전의 내가 아니다. 큰맘을 먹고 안으로 한 발짝 들어가 보기로 했다. 정말 커피를 파는 곳이고 오랜만에 커피를 마시게 될지도 모른다. 아니 세상에서 가장 맛있는 커피가 이곳에 존재할 것인지도 모를 일이다. 그 정도는 아니더라도 나를 알아봐 주고 말이라도 걸어 주는 사람이 있다면 그것만이라도 기적일 것이다.

용기를 내어 걸어가 입구 바로 앞에 서 있게 되었는데 교체한 지 몇 년 정도 된 것 같아 보이는 은색의 문이 보였고 교체를 했다는 것은 손님을 반기려 한다는 마음가짐이 있을 거라는 생각에 문을 열었다. 와우! 넓은 공간에 꽉 차 있는 많은 의자와 많은 사람이 붐비고 있는데 들어오길 잘했다는 생각부터 들게 되었다. 많은 사람이 있고 이곳은 정말 커피를 파는 곳이었다. 직원들만 출입할 수 있게 되어 있는 왼쪽 구석에 위치한 공간은 커피가 담긴 커다란 쌀 포대 같은 것들이 낮은 선반에 줄줄이 놓여 있고 가게의 중앙에 위치한 빨간색의 오래된 커피 로스팅 기계는 강력한 존재감을 보여 주고 있다. 이 가게의 중심에서 나 커피 꽤 한다고 외치고 있는 것이다. 커피의 압도감이 카페를 메우고 커피를 마시는 사람들의 입가에도 그 압도감이 전해져 온다.

이곳 사람들은 나의 존재를 알아봐 주기를 바라지만 사자의 안내를 받았던 곳처럼 나를 알아채지 못할 가능성도 있다. 주문을 위해 줄을 서 보았다. 앞에는 3명이 있었는데 내가 줄을 서자마자 뒤로 몇 명이 더 줄을 서게 되었다. 오! 내 뒤에 줄을 섰다는 것은 아마도 이곳 산가브리엘 사람들은 나의 존재를 인지하고 있다는 것은 아닐까. 줄을 서서 5분 정도 기다린 후 내 차례가 왔다. 뒤에 줄을 서 있던 3명은 주문대로 가지 않고 내 뒤에서 멈추었다. 그렇다는 건 역시 고맙게도 나를 인지해 주고 있다는 것. 흥분된 마음으로 카운터의 직원에게 다가가 조심히 말을 걸어 보았다.

"안녕하세요. 멋진 곳이네요."

"안녕하세요. 네, 아름다운 곳이죠!"

오, 역시 이곳은 다르다! 이 사람들은 이세계에 사는 거주민들 같다. 산가브리엘이라는 동네에서 사는 이들은 전부 천사일 가능성도 있다. 그리고 이곳은 앞으로도 나에게 커피를 제공해 줄 수 있다는 기대감에 휩싸여서 놀라고 있었지만 나의 놀라움과 기대들을 자제하면서 자연스럽게 그리고 반갑게 그녀와 말을 이어 나간다.

"코타도(Cortado) 한 잔에 오트 밀크 넣어서 부탁드립니다."

"빵이나 다른 건 괜찮으신가요?"

"네, 오늘은 코타도 하나로 대만족입니다."

주문을 끝내고 기다랗고 폭이 좁은 테이블에 자리를 잡았는데 커피를 완성하는 과정이 한눈에 보이는 곳이어서 그 과정을 흥미롭게 바라보게 되었다. 커피 빈을 준비하는 손길이 바쁘다. 커피잔의 마무리를 하는 곳에는 키가 작은 금발 머리 여자 두 명과 키가 조금 더 큰 까만 머리 여자 한 명이 있다. 직원 3명 모두 백인인데 백인치고는 키가 작아 유심히 보고 있었는데 왠지 한 명은 낯이 익어 보였다. 누구일까? 중동 지역의 코를 하고 있고 쌍꺼풀이 없는 왠지 천사 같아 보이는 눈에 뽀글거리는 빨강 곱슬머리. 그 천사 같은 눈을 한 빨강 머리 여자는 내가 주문한 커피 코타도를 들고서 내가 앉아 있는 높은 테이블 바로 앞까지 와 주었다.

"나랑 같이 여기서 일하지 않을래요?"

느닷없는 그녀의 권유에 은근히 기뻤다. 하지만 느닷없는 질문이기에 한 번 더 생각을 해 봐야 했다.

여기서 같이 일하면 즐거울 거 같아요. 그런데 질문이 있는데요.
제가 있는 이곳은 사후 세계인 것인가요?

이런 느닷없는 질문을 하고 싶었다. 이런 느닷없는 질문을 생각한 것은 그만큼 궁금했고 중요한 질문이었기 때문인데 그렇다면 그녀의 느닷없는 질문도 분명 중요한 질문일 수가 있다는 것이 된다. 그렇다면 나의 질문을 바꿔 볼 필요가 있다.

"여기서 일한 지는 얼마나 되셨나요? 같이 일하고 싶은 이유가 혹시 있는 것일까요?"

그렇다. 이 질문은 애매하면서 많은 대답을 들을 수 있는 질문이다. 그녀의 대답이 기다려진다.

"궁금한 게 많았을 텐데 꽤 자상하신 분이시네요. 그렇다면 나에 대해 알고 싶어 한 자상하신 당신에게 선물을 하나 줄게요."

오, 이런 대답은 기대하지도 않았다. 허를 찔렸다. 그리고 그 선물 정말 궁금하다. 하지만 그녀에 대해서 더 듣고 싶어지고 말았다.

"이름 먼저 여쭤봐도 될까요?"

잠시 침묵이 흐르는 사이 천사 같은 눈을 소유한 그녀는 그 맑은 눈과 귀여운 미소로 나를 유심히 쳐다보며 나의 눈을 읽으려 시도하는 듯했다. 그녀가 나의 눈과 미세한 움직임을 간파하는 데까지는 불과 0.2초도 걸리지 않았다. 그리고 천사 같은 그녀의 입에서 천사 같은 언어가 나온다. 음악인지 사람의 말인지 구분이 안 될 정도였다.

"재밌는 분이시네요. 그 이름이 저의 선물입니다. 제 이름은 울쿠."

　선물이라고 하면서 이름을 말씀해 주셨다. 울쿠라는 이름이 내 귓가에 들려와서 울려 퍼질 때는 '나 지금 본심으로 이야기하고 있는 거야.'라는 생각이 들 정도로 많은 의미와 함께 나의 머릿속에 인식이 되었는데 처음 경험하는 이 상황이 놀라운 상황이 아닐 수가 없다. 그녀가 본심으로 이야기할 때와 아닐 때는 큰 차이가 있고 바로 지금이 그녀가 어떤 사람인지 조금이나마 알게 되는 순간이다. 이름을 알게 되어서 고마운 일이지만 이름이 선물이라고 하는 경우는 좀처럼 없을 것이다. 그녀의 이름을 들었으니 우선 나의 이름도 전달해 드리는 것이 예의라는 생각이 들어 나도 온 마음을 다해 나의 이름을 전해 주려 하였다.

　"울쿠. 특이하고 귀여운 이름인 것이 분명합니다. 물론 이쁘시지만 귀여운 매력도 마법처럼 강력합니다. 그럼 이름을 말씀해 주신 답례로 저의 이름을...."

　앗! 나의 이름은 무엇인가. 그전에 나는 누구인가. 곤란해하는 나의 분위기를 간파한 울쿠는 차분히 기다려 주겠다는 눈으로 나를 바라봐 주고 있어서 고마웠지만 나의 이름을 내가 모르고 있다는 현실의 충격이 상당히 컸기에 생각을 정리할 시간이 필요하다는 판단을 했고 울쿠와의 중요한 한마디 한마디에 실수라도 하면 안 될 것 같다는 직감도 있었기에 나의 생각이 정리될 다음 기회에 다시 이야기를 시도해 보려 한다.

"저기, 실례지만 저의 이름은 다음에 알려 드려야 할 것 같습니다. 갑자기 생각이 많아져서.... 내일 다시 이곳에 찾아와도 괜찮을까요?"

괜찮다고 반응하는 그녀에게 나는 고맙다는 말을 남기고 정신없이 뛰었다. 사실 몰려오는 기억들도 있었기에 더 이상 대화도 힘들었고 나의 생각과 기억들을 정리해야 했다. 걸어왔던 긴 길을 단숨에 달리기 위해 정신없이 뛰었다. 심장의 박동. 심장의 웨이브. 그 안에서 나에게 말을 남겨 주었던 기억해 달라는 말을 전해 주었던 메이드복의 그녀와 커피를 전해 준 울쿠의 상황을 수백 번 되새기며 정신없이 뛰어가고 있다. 전속력으로 달리기 시작하자 많은 기억이 주마등처럼 지나가기 시작했고 내가 일했던 조그만 장소가 있었다는 것과 같이 일을 했던 동료들이 있었다는 것을 알게 되었다. 하지만 내가 어떤 일을 했는지 동료들의 얼굴은 어땠는지 아직 기억해 낼 수는 없었다.

달리는 속도를 늦추며 숨을 고르던 순간에 눈에 띄는 고양이를 발견하였다. 그 고양이는 강한 빛을 받으며 그루밍을 하다가 나와 시선이 마주치자 그루밍을 멈추고는 조용히 주위를 비비적거리기 시작한다. 그러던 중 점점 내 발에 가까워지더니 자신의 등으로 나의 오른발을 슬쩍 한 번 비비적대고는 바닥에 앉아 버린다. 그리고는 말똥말똥 귀여운 눈으로 가만히 나를 올려다보고 있다. 왠지 이런 비슷한 상황을 오래전에 전해 들은 기억도 있는 듯한데. 이 고양이 꽤 귀엽다. 나와 친구가 되고 싶은 것일 것이다. 만약 그렇다면 나를 따라와 줄지도 모른다. 계속 가던 길을 걸어가 보자! 생각할 시간이 필요했기에 쉬운 길 대신 가파르고 험한 샛길로 진입을 해 보았는데 새로운 곳을 여행하는 자극에 의해 예전의 기억들을 끄집어낼 수도 있다는 막연한 생각에서였다.

한참을 걸어가던 중 빛이 비쳐 오는 반대쪽의 그늘에서 움직이는 그림자가 감지되었는데 그것은 사람의 그림자였다. 나와 같이 걷고 있는 사람이 있다는 것인데 해가 비치는 쪽을 보았더니 좀 전의 그 고양이가 나의 템포에 맞춰서 같은 속도로 졸졸졸 따라오고 있었다. 저 고양이는 혹시 사람의 그림자를 갖고 있는 마물인 것일까? 나는 모른 척하고 계속 걷기를 계속한다. 오른쪽 뒤에는 고양이. 왼쪽 앞에는 사람의 그림자. 이 신기한 현상을 생각하기 이전에 여기까지 나를 따라와 준 고양이가 고마웠다. 이대로 계속 따라와 준다면 앞으로의 여행이 심심하지 않고 재미있고 흥미진진하게 변하는 것은 아닐까.

　20분 정도 더 걷고 길이 험해지고 있는데도 고양이는 여전히 나의 템포에 집중해 잘 따라와 주고 있다는 것을 알고 있다. 아무래도 작은 보폭으로 걷고 있을 고양이는 지쳐 있을 것이다. 내가 이 타이밍에서 고양이를 갑자기 쳐다본다면 아마도 뻘쭘해서 고개를 들지 못할 수도 있다. 그래서 나는 아무런 말 없이 걸음의 템포에 변화 없이 나의 왼손으로 나의 오른쪽 어깨를 톡톡 두들겼다. 어깨에 앉아도 된다는 나의 신호를 읽어 주기를 바랐는데 나의 바람이 끝나기도 전에 후다닥 소리와 함께 고양이는 속도를 올려 점프를 시도해 나의 오른쪽 어깨에 사뿐히 올라와 주었다. 이렇게 우리는 아무런 말도 없었지만 앞으로 같이 도와주고 길동무가 되어 줄 거라는 생각을 나도 고양이도 하고 있었던 것 같다. 가파른 경사를 오를 때는 나의 머리가 고양이의 좋은 발판과 지지대가 되어 주었고 가장 쉽고 안전한 경사를 찾아 준 것은 바로 그 고양이였다.

　절벽과 계곡을 몇 개 넘고 나니 시작점이 눈에 들어왔다. 어두워지기 전에 돌아온 것이다. 두 번째 여행을 무사히 끝내고 돌아와 하루를 정리해 보는 시간을 가져 본다. 오늘 본 사람들과 어제 본 사람들이 달랐던 것은 템플시티는 현재로 들어가는 문이 있었다는 것이고 산가브리엘은 이세계의 사람들이 살고 있다는 것이다. 그래서 나는 이세계의 주민이라는 확률이 높아졌다. 산가브리엘에서 만난 울쿠와 대화하던 중 나의 동료가 있었던 것이 기억나게 되었다. 그리고 뭔가 달라 보이고 다른 말을 해 주는 그녀만큼은 이세계의 주민이 아닐 확률도 있을 것이다. 자신의 이름을 나에게 말해 준 그녀에게 아직 나의 이름을 말해 주지 못했기에 내일 아침 일찍 준비하고 그녀가 있는 곳에 가 보는 것이 좋을 것이다.

혼자 여행을 다니던 나였지만 길동무 고양이가 와 주었으니 내일의 여행은 더 즐거울 것이다. 지금도 옆에 앉아 있는 고양이와의 의사소통을 용이하게 하기 위해 고양이의 이름이 필요하다고 판단하고 물어보았다.

"고양아, 너 이름이 뭐야?"

처음으로 내뱉은 나의 이 말에 그 고양이는 기뻤는지 앞발을 들어 마구마구 흔들어 댄다.

"너의 이름을 아직 모르니까 우선 내가 원하는 이름으로 불러도 괜찮을까?"

내 말에 동의한다는 듯 다시 앞발로 신호를 해 주었다.

"색깔이 치즈색이니까, 치즈 어때?"

이번에는 아무런 반응이 없다. 치즈색이라고 치즈로 부르는 것은 성의 없다고 생각하는 것인가.

"그럼 글자 더 추가해서 치즈루!"

나의 이 말이 끝나자 믿기 힘든 광경이 느닷없이 눈앞에서 이루어져 버렸다. 주변의 공기가 흡수되면서 수분이 물방울처럼 튕기는 듯하다가 공간의 흐릿함이 뿌옇게 보이더니 그 고양이는 너무나 아름다워서 쳐다볼 수도 없을 것 같은 여성의 형상으로 바뀌어 있었다. 1초도 안 되는 이 빠른 전환에 당황해서 2초 정도 바라보다가 나는 재빨리 내가 입고 있던 긴 초록색 재킷을 그녀에게 입혀 주었다. 헐렁한 나의 재킷을 입었는데도 그 안에 숨겨진 그녀의 아름다움은 나의 뼛속까지 진하게 스며들고 있어서 하마터면 정신을 잃을 뻔했다. 치즈루는 아름다움으로 사람까지 쓰러뜨릴 수 있는 아주 무시무시한 초능력을 소유하고 있는 것이다.

"아, 아, 저기, 당신은...."

무슨 말을 해야 할지 몰라 멍하니 있었는데 그 멍하니 있는 시간도 행복해서 시간이 얼마나 지나고 있는지 감이 잡히지도 않았다. 그렇다. 나의 시간과 공간은 이곳에서 정지해 버리고 말았다. 꿈이었을까, 환상이었을까. 내가 멍하니 있던 사이 그녀는 다시 고양이의 모습으로 돌아와 그루밍에 집중을 하고 있는 것을 발견했다. 그렇다. 내가 불러 준 이름! 특별하게 세 자로 이루어진 그 이름에 반응을 해 준 것이다. 다시 한번 그 이름을 간절하게 부르고 싶었지만 작은 몸집에서 크게 바뀌기 위해서는 상당한 체력이 소모될지도 모를 일이다. 그건 실례이다. 기다리면 다시 그녀의 이름을 불러 줄 상황이 마련될 것이고 그때를 위해 나의 재킷은 소중하게 보관하자.

천사의 키스

　새벽 4시에 일어났다. 울쿠를 만나기 위해서이다. 그리고 함께 커피도 마시고 싶었다. 10분 동안 세수를 하고 산가브리엘의 길을 따라 가면 6시가 되기 전에 목적지에 다다르게 되는데 울쿠를 만났던 저번의 여행은 혼자였지만 오늘은 귀여운 고양이 치즈루가 함께 있다. 기분이 들떠 있는 듯 치즈루가 내 다리의 주변을 돌면서 빨리 출발하자는 신호를 보내고 있다. 오랜만에 심장이 두근거린다. 이곳의 생활이 적응이 되고 있는 것일까. 방황하던 외톨이에서 극적인 사건들이 연달아 일어나게되며 궁금증들이 조금씩 풀려 가고 있는 지금 아마도 곧 예전의 동료들이 있는 곳에 갈 수 있을 것 같다는 꿈이라는 것이 자리 잡게 되었다.

　징검다리 몇 개를 건너고 산가브리엘로 가는 기다란 길에 들어섰는데 치즈루가 움직이질 않고 길바닥에 앉아 버렸다. 무슨 일일까? 이 정도 거리로 피곤해질 치즈루는 아니다. 피곤하면 알아서 내 어깨 위로 올라와 줄 것인데 무언가 기다리는 것 같아 보이기도 하다. 바로 그때 거대한 마물 한 마리가 우리의 앞을 지나고 있었고 거대한 몸집치고는 발자국 소리가 나지 않았다. 거대한 하얀 새처럼도 보이기도 하는 그 물체는 땅바닥을 달리는 듯 아니면 스치는 듯 지나가고 있는 중이다. 역시 이곳은 마물이 살고 있는 이세계인 것이다! 마물이 그냥 지나쳐 갔다고 생각하고 안심하고 있었지만 아무런 소리 없이 뒤에서 다가와 자리 잡은 거대한 존재감이 강한 기운을 내뿜고 있다는 것을 감지하게 되었는데 우리의 뒤에 있는 것 같은 그 거대한 존재를 확인하기 위해 나는 천천히 고개를 돌려 보았다. 거대하고 하얀 새였다. 내가 고개를 돌리는 사이 치즈루는 아주 빨리 질주해 그 하얀 새의 등에 올라타 버린다. 앗! 치즈루의 이름을 부르고 싶었지만 그랬다가는 민망한 일이 발생하고 만다. 지금까지 살펴본 바로는 새의 공격성은 없어 보이고 치즈루의 움직임에도 친절하게 반응해 등에 태워 주었다는 것은 안전한 마물일 수도 있다는 것이다. 날개를 가져서 빠른 이동이 가능할 거 같은 저 새가 우리를 혹시 인도해 줄 수도 있을 것 같은데 아무래도 치즈루를 따라 저 거대한 새의 등에 타야 할 거 같은 상황이 되어 버리고 말았다고 생각한다. 하지만 나에게는 아무에게도 말하지 못한 비밀이 있다. 난 높은 곳이 무섭다! '그 정도야 그냥 타면 되지.'라고 생각할 수도 있겠지만 난 정말 겁쟁이이다. 치즈루에게는 미안하다고 말하고 나는 열심히 걸어가겠다고 말하며 그러니 너는 날아서 먼저 도착해 있으라고 말하고 싶지만 이런 말을 하게 되면 나는 이세계에서 겁쟁이로 소문이 퍼져 대대손손 전해질 것이다. 무엇보다 우선 치즈루가 저렇게 신나 있는데 커다란 실망감을 안겨 주는 것도 나에게 있어서 해서는 안 될 일이 된다. 그렇다면 새에서 떨어져서 운명을 마감한다 해도 평생을 겁쟁이로 숨어 다니는 것보다는 훨씬 나은 삶이 될 것이다! 용기를 내어 보자. 아직 내가 겁쟁이라고 들킨 건 아닐 것이다.

"기다려! 곧 올라갈게."

이 말과 동시에 거대한 새는 자신의 날개를 열어서 내가 오르기 쉬운 경사를 만들어 주었다. 뜨! 이렇게까지 친절하게 해 주다니 안 올라갈 수가 없게 되었다. 혹시나 하늘을 올라가다 미끄러져 떨어진다고 해도 혹시 내 손에 땀이 고여서 잡고 있던 곳이 미끄러져 내 몸이 하늘로 붕 뜬다고 하여도 이 비행은 시도한다! 날개 깃털이 단단하고 적당히 폭신하기도 해서 안전하게 치즈루가 있는 곳까지 도달하였고 새의 등에 자리 잡고 앉아 깃털을 잡아 보았는데 의외로 강철처럼 강하게 붙어 있어서 떨어지지 않을 것 같은 깃털이었다. 그래도 문제는 높이이다. 안 보려고 하면 더 보게 되는 나 자신을 탓하지만 역시 그러던 중 아래를 보고야 말았다.

높이에 대한 공포가 있어야 하는 것이 정상일 것인데 나에게 전달되는 우렁차고 박력 있는 분위기에 나까지 영향을 받아 나는 새 등 위에서 당당히 일어서 버렸다. 마치 전장에서 지휘하는 장군처럼 용맹해졌고 두려움들은 날아가 버렸다. 그러자 기다렸다는 듯 하얀 새는 큰 날갯짓을 몇 번 하고는 하늘로 붕 뜨기 시작하며 빠르게 올라갔고 단숨에 직선 주행을 시작하게 되는 높이까지 도달하였다. 산가브리엘의 경치가 한눈에 들어오게 되면서 그 광경을 주시하는 치즈루의 모습이 들어왔다. 그 모습은 마음 깊은 곳에 저장해야 하는 중요 정보가 될 만큼 귀엽고 조금은 애처로웠다. 왜 애처롭게도 보이는 것일까. 치즈루도 이곳은 낯선 곳이어서 나와 친구가 되고 싶었을 수도 있다. 치즈루와 나는 운명으로 이어진 친구일 수도 있다.

바닥에 보이는 작은 물체들은 거대한 마물 같아 보인다. 산가브리엘로 가는 길 주변에는 넓은 갈대밭이 있는데 바람에 날리는 갈대밭 소리와 비슷한 소리를 내며 그곳을 헤엄치듯이 누비는 기다란 은빛 물체가 보이는데 아마도 길이가 백 미터는 되어 보이는 은색 뱀으로 그 속도가 빨랐다. 우리가 공중에 있지 않았다면 벌써 한입에 먹혀 버렸을지도 모를 일이다. 멀리서 바라보는 이곳의 경치는 상당히 오묘하고 경이롭기까지 하다.

"음, 오묘하지."

말하는 새였다! 이 언어는 새로부터 나오는 소리로 아름다운 언어를 사용한다는 것이 직감으로 전해져 온다. 그리고 놀란 것은 생각을 읽는 새였다니! 아니 혹시 치즈루가 있어서 말이 통하는 것일까. 아무래도 치즈루와 이어져 있는 순간은 마음으로도 대화가 가능하다는 생각까지도 들게 된다.

산가브리엘의 카페 앞에 우리를 내려놓은 그 새하얀 새는 10초도 안 되는 짧은 순간에 아주 빠르게 날아올라 사라져 버렸는데 작별 인사도 못 하였다. 카페 안에 들어와서 울쿠를 찾아보았는데 그녀는 보이지 않았고 키가 크고 상냥하고 꽤 매력적인 여자가 카운터에서 주문을 받고 있었다. 내가 주문을 할 차례가 다가오고 있는데 조금 긴장해서 걱정이다. 나는 미인하고 이야기할 때면 긴장으로 인해 발음의 정확도가 극도로 흔들릴 때가 있기 때문에 '주문이라도 잘해야 할 텐데.' 하는 생각이 나를 더 긴장으로 몰아넣었고 그 긴장은 또 다른 긴장을 불러서 몸이 벌벌벌 떨리기 시작한다. 내 차례가 왔다.

"저, 저기, 코타도에 오, 오트 밀크(Oat Milk) 부탁합니다!"

"네? 홀 밀크(Whole Milk)라고 하셨죠?"

"아니 오, 오트 밀크."

"네, 오트 밀크. 저는 항상 오하고 홀의 발음이 비슷해서 헷갈려요."

친절한 아가씨이다. 내 발음이 이상했던 것을 부인할 수 없기 때문에 그저 주문이라도 받아 준다면 감사할 상황이었는데 자신이 헷갈린다고까지 해 주셨다. 나의 발음에 문제가 있었다는 것을 그녀에게 말해 주었고 웃음이 오가는 화기애애한 분위기가 만들어졌다. 됐다! 긴장을 넘어서 꽤 미인인 그녀와 자연스러운 웃음을 이끌어 내는 데까지 성공이닷! 느닷없이 내가 자랑스럽다. 벌벌벌 떨고 있던 나는 어느 곳에 있었던 것인가. 나는 쉽게 교만해지기도 한다.

주문이 끝나고 커피를 기다리고 있는데 울쿠는 어디에도 보이지 않고 있다. 쉬는 날인가 보다.

"스타게이저."

　뒤에서 속삭이는 이 소리. 스타게이저라는 울쿠의 속삭이는 언어가 들려왔고 그 말의 의미를 떠올려 보았다. 별을 보는 사람 또는 별을 관측하고 하늘을 읽으며 시기와 세상의 이치를 찾는다는 사람들 스타게이저. 하늘을 읽어 역사적인 시기를 간파했던 유명한 사람들로는 동방 박사가 있다. 영어로는 마기(Magi). 마법이나 마술이라는 의미의 매직(Magic)이라는 말도 마기(Magi)라는 단어에서 유래된 것이다. 그렇다면 울쿠는 이세계에 있는 나를 마법사라고 부른 것일까? 스타게이저들이 하늘을 읽어 내는 것은 마법처럼 신비한 일일 수도 있지만 내가 생각하는 스타게이저는 과학적이고 천문학적인 세상의 규칙과 의미들이 집합된 합리적인 비마술적인 문학을 보는 사람이라고 생각한다. 물론 하늘의 법칙을 이용해 사기를 치는 사람들과 자신이 모르는 부분을 잘 알고 있는 듯 말하고 막연한 추측을 진실인 것처럼 이야기한다면 그 사람은 스타게이저가 아닌 마술사나 사기꾼이 될 수도 있다. 지금 그녀는 나를 스타게이저라고 부른 것 같고 그것이 나의 이름인지 아니면 직업인지 아직 더 생각을 해 봐야 할 것 같다.

　그녀의 목소리는 기가 막힌 커피 냄새와 함께 느닷없이 도착했다.

　"이곳 생활 잘 적응하고 있나 보네요. 오늘은 다시 찾아와 준 보답으로 세상에서 가장 맛있다고도 하는 코피루왁을 가져왔습니다."

　코피루왁이라면 맛있는 커피 빈(Coffee Bean)만 골라서 먹는다는 고양이 안에서 숙성이 되어 만들어진 산물이다. 코피루왁이라는 말이 들리자 고양이 치즈루의 얼굴이 조금은 빨개진 것 같기도 하다. 왠지 마법의 단어 같기도 한 코피루왁은 역시 특별한 커피임이 분명하다. 그 향기를 조금 맡았을 뿐인데도 벌써 그 진하고 깊은 맛을 한 잔 맛본 것 같은 환상에 빠져 버리게 된다.

　"코피루왁을 맛보면 몇 주 동안은 다른 커피를 먹었는데도 코피루왁의 맛이 나기도 합니다. 코피루왁이 사용된 커피 기계는 다른 커피를 사용해도 코피루왁과 비슷한 맛을 3일 정도 재현한다는 소문도 있습니다."

　코피루왁이 아닌데도 코피루왁의 맛이 날 수가 있다. 왠지 의미심장한 이야기인 것인가. 울쿠는 나에게 전해 주고 싶은 말이 있는 것일까.

코피루왁 대단하네요.

이런 간단한 말을 할 수도 있겠지만 이런 간단한 말의 약점은 대화가 단절될 가능성이 있다는 것이다. 신비롭기만 한 울쿠에 대해서 더 알고 싶은 나는 대화의 단절을 바라지 않는다.

"코피루왁 자주 드세요?"

그렇다. 울쿠의 취향을 알 수 있는 이 간단한 말은 울쿠의 모든 것을 알 수 있는 열쇠가 되어 줄 가능성도 있다.

"역시 명탐정! 정곡을 찌르시네요."

그녀는 지금 나를 명탐정이라고 불러 주었다. 그렇다면 나의 직업이 탐정이었고 나의 이름이 스타게이저라는 것일 수도 있다. 만나자마자 나를 일깨워 주려는 울쿠 씨는 오늘 특별한 계획을 갖고 나에게 온 것일까.

"코피루왁은 특별한 날에만 준비합니다. 오늘을 위해서 특별 주문으로 정확한 날짜와 시간까지 계산해서 치밀하게 준비하였습니다. 최고의 맛을 놓치게 하고 싶지 않아서 제가 아끼는 새 우쿠리도 보내 드렸죠. 고소 공포증이 있다는 것은 예상 밖이었지만요"

많은 정보를 얻게 되었다. 그보다 가장 충격을 받은 사실은 나의 고소 공포증이 알려져 버렸다는 사실이다.

"스타게이저 님으로 고민했습니다. 알면 알수록 평범한 분이시지만 그만큼 더 도와드려야 할 사람이란 것도 왠지 알 것 같았죠."

울쿠가 나를 위해서 고민해 주셨다고 한다. 항상 커피도 직접 전달해 주시고 내가 알고 싶어 하는 정보도 제공해 주셔서 은혜도 입었다. 수수께끼의 그녀에게 묻고 싶은 것이 많아서 어디서부터 시작하는 것이 좋을지도 고민이 된다. 그렇다면 가장 궁금한 것부터 솔직하게 말해 버리자!

"울쿠 씨는 싱글이신가요?"

앗! 너무 솔직했다. 이럴 수가! 정말 궁금한 말이 나와 버리고 말았다. 역시 대답은 없고 정적이 흐르는 긴장의 시간. 다른 질문을 하면서 위기를 넘기는 방법도 있지만 이 질문은 기다려야 한다.

"솔직히 말씀드리면 그건 비밀입니다."

역시 완벽한 울쿠 씨의 완벽한 답변! 역시 그렇지! 좋아하는 사람이 있다든가, 결혼을 하셨다든가, 그런 것일 것이다. 이왕 이렇게 된 거 직접적으로 말하자!

"울쿠 씨가 많이 궁금합니다. 물론 울쿠 씨에 대해서 알게 되면 저에 대한 정보도 알 수 있을 거라는 기대도 있다는 것은 부인할 수 없는 사실이지만 이세계에서 커피를 만들어 주시는 특별한 곳에서 천사 같은 눈을 소유하고 계신 당신은 혹시, 천사가 아니십니까?"

"천사 같아 보이는 건 제 눈에 쌍꺼풀이 없어서가 아닐까요? 저는 평범하게 많은 것을 보는 존재입니다."

빙고! 그녀는 자신을 지칭하는 단어로 존재라는 단어를 사용하였다.

"울쿠 씨는 혹시 제가 어렸을 적부터 저의 곁에서 쭉 지켜봐 주고 도와주었던 분이 아니십니까?"

"역시 명탐정 스타게이저의 평범해 보이는 말속에는 수백 가지의 경우의 수를 계산하고 있어서 저 같은 존재도 그 깊이를 헤아리기가 힘이 드네요. 제가 저를 아직 밝힌 것은 아닙니다. 그저 조금 전의 질문에 대한 정확한 답변을 해 드리겠습니다. 스타게이저 님을 지켜봐 왔고 도와주었던 적이 있었다는 것은 사실입니다. 하지만 스타게이저 님의 목을 졸랐던 적도 있습니다."

울쿠 씨는 자신의 존재를 직접 밝히지는 않았지만 전반적인 설명이나 정황으로 봐서 나를 쭉 지켜보아 왔던 천사인 것 같고 나를 공격했던 적도 있다고 한다. 예전의 기억이 조금 있다. 책상 앞에서 생각에 잠겨 있을 때 누군가가 나의 목을 조르는 듯 목의 두 지점에서 압력이 감지되었고 목 주위 근육에서 시작해서 턱과 입에서 머무르는 근육까지 마비가 되어서 침도 삼킬 수 없을 정도로 그 부위만 움직일 수가 없었고 겨우겨우 소량의 침이 넘어가면 극도의 통증으로 쓰러져 몸을 다시 세울 수도 없었다.

"그때 고통 속에서 턱 주변에 마비가 왔을 때가 바로...."

"맞습니다. 스타게이저 님도 약점이 있고 우리의 길에서 크게 벗어날 때도 있습니다."

"그렇다면 그 모든 것이 이해가 갑니다. 갑자기 내 눈이 가려지거나 말문이 막혀 버렸을 때도 있었습니다. 확실히 나의 주장을 굽히지 않았을 때와 실수를 저지르고 있었을 때였습니다."

"역시 벌써 많은 것을 간파하셨다고 생각합니다. 많은 것을 생각해 내셨으니 선물을 드리겠습니다."

"아닙니다. 지금까지도 많은 도움을 받았고 선물도 많이 받았습니다. 그 은혜를 갚기 위해 울쿠 씨를 위해서 제가 해 드릴 것은 없습니까? 꼭 말씀해 주세요."

나의 이 말에 울쿠 씨는 잠시 말문을 닫았다. 이대로 이 대화는 끝나는 것인가. 내가 괜한 말을 해서 마음을 불편하게 만든 것인가. 20초 정도 땅을 바라보며 말문을 닫아 버렸던 울쿠 씨가 무언가 결심했다는 표정을 짓더니 땅을 보고 있던 그 상태로 나를 쳐다보지 않고 대화를 시도한다.

"부탁이 하나 있습니다. 제 입술에 아주 살짝만 키스해 주세요."

그 말이 끝나자마자 나는 바로 울쿠 씨의 작은 얼굴을 잡고 키스했다. 울쿠 씨의 부드러운 입술 전체가 닿는 순간 놀라운 일이 벌어졌다. 나의 모든 기억이 돌아와 버린 것이다. 내가 스타게이저로서 활동하던 사무소와 심리학자 엘사, 인간 병기 마크, 스파이 슈, 그리고 나의 첫 번째 의뢰인 규리, 그들과 함께 했던 모든 기억이 돌아와 버렸다.

내 기억이 돌아왔을 때 울쿠 씨와 고양이 치즈루는 더 이상 나의 곁에 없었고 이세계도 사라져 있었다.

내가 눈을 살짝 떴을 때 아직 모든 것이 흐릿했지만 의료 장비들이 갖춰진 작은 공간에 있다는 것을 알게 되었고 주위를 걸어 다니는 동료들의 목소리가 들려오는데 그들은 내가 돌아온 것을 아직 눈치채지 못하고 있다.

원래 있던 세계로 돌아온 것이다. 30도 정도로 세워진 침대에 누워 있는 나의 주위에는 동료들이 있고 내가 눈을 뜨면 그들과 만나고 인사도 할 수가 있다. 하지만 이렇게 돌아온 상황에서 기쁨이 앞서기 이전에 퍼즐이 맞지 않는다. 혹시 누군가가 나를 위해서 희생을 했다면 큰일이 된다.

심리학자 엘사가 무언가 알아차린 모양이다. 엘사와 스파이슈가 하는 이야기가 들리기 시작했는데 사이비 그룹이 심어 놓았던 바이러스가 나의 뇌에서 빠져나갔다고 한다. 나에게 있던 바이러스가 빠져나가고 내가 현실 세계로 돌아올 수 있게 되었다는 이야기인 것 같은데 그렇다면 그 바이러스는 어떻게 사라지게 된 걸까? 혹시 다른 사람에게로 옮겨 간 것은 아닐까. 바이러스는 사람에게서 사람에게로 옮겨 다니기도 한다. 남녀가 키스를 했을 때도 옮겨 갈 수가 있다. 그렇다면 울쿠 씨가 나를 위해 자신이 바이러스를 불러내 삼켜 버린 것은 아닐까. 울쿠 씨의 성격이라면 충분히 가능한 시나리오다.

울쿠 씨가 나를 항상 지켜봐 주었던 수호천사라면 나는 그녀를 본능적으로 잘 알고 있다. 평생을 함께 지내 왔기 때문이다. 그런 그녀를 바이러스와 함께 두고 이곳으로 도망 나올 수는 없는 것이다. 힘써 준 동료들에게 인사를 하지 못하는 것은 아쉽지만 여기서 눈을 떠 버리는 이기적인 나의 얼굴을 그들 역시 보고 싶어 하지는 않을 것이다. 무엇보다 울쿠 씨를 확인하기 위해 나는 다시 돌아가야 한다. 이세계라는 곳의 느낌이 아직도 감돌고 있는 지금 완벽하게 돌아온 것은 아닐 수도 있고 지금이라면 다시 돌아가는 것이 가능할 거라는 생각이 들었다. 돌아가자! 최초의 시작점으로!

조금 전에 있던 장소 떠올리기를 몇 번 실패하고 다시 정신을 집중해 돌아온 길을 생각하고 시작점을 떠올리며 더 깊이 생각하고 더 깊게 집중을 하면서 이런 생각을 해 봤다. 내가 가려는 곳은 아마도 같은 공간 같은 시간으로, 나의 심장 박동 안에서 말을 했던 메이드복의 엘사를 기억하며 시작점으로 돌아가는 것이 종이 한 장 차이일 수도 있다는 가능성에 집중하였다.

그러자 현실 세계에서 사라지는 내가 감지되었다. 한 가지 깨닫게 된 특이한 사실은 이번에는 정신만이 아닌 나의 몸까지 같이 가고 있다는 것이다. 안녕 친구들! 엘사, 규리, 마크, 스파이 슈.

스파이 슈의 하루

    탐정님과 규리 씨와 한 팀으로 일했던 나 스파이 슈는 스파이가 되기 전에 탐정님이 운영하셨던 카페에서 아르바이트를 했던 적이 있었다. 그곳에서 일하기 전까지는 나의 인격이 제대로 형성되지 않았던 시기로 상대방을 비난하고 세상을 비난하기를 즐겼고 노력하지도 않고 바라는 것은 많았던 그런 가망이 없는 사람이었다. 나는 모르고 있었다. 주위 사람들이 얼마나 나를 생각해 주었는지를.

    나에게 제대로 삶의 지표를 보여 준 사람은 기억이 나질 않는다. 아버지는 초등학교 1학년 때부터 외국에 가셔서 얼굴을 잊어버렸고 어머니는 극도로 가난한 가정의 생계를 유지하기 위하여 일하시느라 바쁘셨다. 집에서는 밥에 김치만 먹어도 좋았지만 학교에 김치만 가져가는 건 마음이 상해서 도시락을 던져 버리고 그냥 가 버리면 누나가 달려와서 김치 도시락을 억지로 넣어 주곤 했었다.

　고등학교를 졸업하고 방 안에 눌러앉아 몇 주째 게임만 하고 있었는데 누워서 게임을 하던 중 몸을 일으키려 했지만 꿈쩍도 할 수 없었다. 바닥에 경사가 있어서 그런가 하고 다시 시도를 해 보았다. 좀처럼 움직일 수 없었고 고개를 옆으로 돌리려 해도 돌려지지 않았다. 나에게는 고개를 움직일 힘조차 남아 있지 않은 것인가. 고개를 오른쪽으로 움직인다고 생각이라도 해 보자. 생각이라도 한다면 혹시 조금씩 아주 조금씩 미세하게 움직여 줄지도 모른다고 희망의 나래를 펼쳐 보았지만 나의 머리는 마치 누군가가 강하게 누르고 있는 것처럼 조금의 움직임도 허락하지 않았다.

　만약 이것이 누군가가 나의 머리를 누르고 있는 압력이고 만약에 그렇다면 내 머리를 누르고 있는 존재는 사람이 아니라는 것이고 나는 벌을 받고 있다는 것이다. 천사가 존재해서 나를 보고 있었다면 두말할 필요 없이 나에게 벌을 주는 것은 당연한 일일 것이다. 나는 세상에 적응도 할 수 없고 구제 불능의 인간으로 이대로 게임 속에 살다가 게임 속으로 사라지면 될 것이지만 만약 다시 태어날 기회가 주어진다면 제대로 사람으로서 도리를 지키며 정의의 용사가 되고 싶고…. 이때 머리를 누르고 있던 압력이 수그러들며 이런 목소리가 들려온다.

"네가 형의 도움을 받았는데도 그 도움은 모르고 형을 비난하고 도움을 숨기려 하다니

네가 형의 은혜는 모르고 형의 약점만을 잡아내어 끄집어 내리려 하다니

뒤에서 형이 얼마나 너를 생각하고 고생했는지는 전혀 감을 잡을 생각은 안 하고 너의 잘못만을 덮어 두려 하다니

너만 생각하고 은혜도 갚을지 모르는 너는 평생 고생만 하다가 지옥에 가서도 고생해야지 마땅한 인간이었을 테지만 그래도 지금이나마 조금씩 너의 잘못을 깨닫고 후회하고 하나씩 바꿔 나갈 가능성을 보였으니 앞으로 지켜보겠다. 앞으로 남은 인생은 네가 굶어 죽는 한이 있어도 욕심 없이 사람들을 친절하게 도와주면서 그들을 진심으로 걱정해 주면서 살아가야 후회 없이 불안 없이 살아갈 수 있을 거야.

하지만 너의 힘은 한계가 있으니 도움이 필요한 사람들을 잘 고르고 도움을 줄 사람도 잘 골라야 할 거야."

이 말이 끝나고 나서야 나는 몸을 돌려 앉아 설 수가 있었다. 가위에 눌린 것이었을까. 아직 나에게도 밝은 미래가 있고 새로운 삶을 살아갈 기회가 주어지는 것일까. 게임기를 손에서 떼고 내가 지금 할 수 있는 일이 무엇일지 생각해 보았다. 사회에 들어가야 한다!

뜨거운 물에 샤워를 해서 찌든 게으름을 흘려 보내고 옷장에 남아 있던 유일하게 깨끗한 옷인 캐주얼 정장을 입고 한 번도 사용한 적 없는 선물로 받은 구두를 신고 거칠어진 머리를 감추기 위해 까만 비니를 쓰고 집에서 나왔다. 집에서 바깥으로 나와 내가 처음으로 한 말은 "실제로 보는 사람은 이렇게 생겼구나!"이다. 그동안 유행도 많이 바뀌었고 새로운 가게들의 간판도 보인다. 사람이 붐비는 곳을 피해 걸어가게 되었고 한적한 곳에 다다르니 작은 창문이 여러 개 있는 카페가 있었다.

아르바이트 모집
연령 제한 없음
필요 사항: 레벨 10,000

기적이다! 자격이 된닷!

카페의 문을 열자마자 너무나 밝은 빛에 눈을 가렸다. 이렇게 예쁜 직원들이 일하는 카페가 있어도 되는 것인가. 게임의 세계와 비교가 되지 않을 정도로 이 세상에는 보물들이 기다리고 있었다! 홀쭉하고 까만색 단발머리에 새침한 눈을 하고 있는, 온통 까만색 의상을 입은 친절해 보이는 여직원이 처음으로 말을 걸어 주었는데 그 한마디에서도 세련미와 착한 심성이 전해져 온다.

"아르바이트 지원자이시죠?"

"네, 맞습니다. 아르바이트 찾고 있다고 해서 들어왔습니다."

"저기 창문 옆에서 잠시 기다려 주시면 매니저님 곧 데려오겠습니다. 드시고 싶으신 거 있으시면 말씀해 주세요."

"콜드브루(Cold Brew) 가능하나요? 정신을 차려야 할 것 같아서요."

"네, 콜드브루 가능합니다. 편안히 앉아 계시면 멋진 광경을 보시게 될 것입니다."

콜드브루를 마시며 그동안 게으름 속에 잠자고 있던 세포 하나하나까지 깨우고 싶은 기분이었다. 정신이 조금 든다고 생각하고 있었을 때쯤, 창문 밖에서 비쳐 오는 햇빛이 천장의 뿌옇고 두꺼운 유리로 들어오는 빛과 만나는 지점이 생겨 오묘하게 빛을 발하고 그 빛은 나의 동공의 끝까지 깊숙하게 통과해 뇌까지 도달한다는 착각을 하게 되었다. 이 신비로운 빛은 깊게 잠들어 있던 나를 깨워 주기에 충분했고 마치 마법 같은 오묘한 빛을 나는 절실하게 받아들였다. 그러자 불안했던 상태였던 나는 편안해지며 자연스럽게 이야기할 수 있었고 밝고 편안하게 대화가 가능해진 나는 아르바이트 인터뷰에 합격하였다. 조금 당황한 것은 바로 일해 줄 수 있냐는 질문이었는데 그렇게 해 보기로 했다.

이곳의 주된 업무는 에스프레소를 만드는 것과 무거운 물건을 드는 것이었다. 힘이 세 보이는 직원은 나 혼자였기 때문에 무거운 물건을 정리하는 것은 내가 도맡아 하였는데 직원 모집 광고 필요 사항에 레벨 10,000이라고 쓴 것은 힘이 센 직원을 필요로 했던 매니저님의 장난기 있는 모집 광고였다고 한다.

이곳의 주인은 일주일에 한 번 정도 들러서 여러 가지 살핀다고 하는데 모두가 존경하고 있는 듯하고 여자에게 굉장히 인기가 많은 젊은 주인인 모양이다.

  아르바이트를 시작하고 근육도 강해지면서 나의 나약했던 정신도 많이 회복되었다. 오늘은 카페의 주인이 오는 날이라 직원들이 들떠 있는 상태인 듯하다. 잠시 후 한가한 시간이 되자 카페의 정문이 열리며 평범한 분위기의 남자가 조용히 들어오는데 직원들 한 명 한 명 마주하며 반갑게 인사를 한다. 나에게도 반갑게 인사하며 몇 가지 질문을 던지셨는데 아마도 몇 마디 질문에 모든 걸 간파한 분위기였고 '이 사람은 사람을 신뢰하는 분이구나!'라는 생각이 들게 하는 그 분위기는 압도적이었다. 오래 머물지 않고 떠나셨는데 직원들의 사기가 높아져서 열심히 테이블을 닦기 시작하고 있다. 와! 몇 마디를 하고 지나치듯이 다녀간 것뿐인데 직원들이 이렇게 좋아하다니. 어떻게 된 일인 것일까? 저 사람은 내가 갖지 못하고 있는 중요한 걸 갖고 있는 것이 분명하다.

  나에게 없는 그것은 무엇일까? 나는 기본적으로 정체성이 부족하고 주변의 일들을 어떻게 바라보고 결정을 어떻게 해야 할

지에 대한 신념이 뚜렷하지 않다. 누군가의 말에 쉽게 반응하고 쉽게 결정지어 버리는 경향이 있음을 부인하기도 힘들고 자아가 형성이 안 됐다는 건 나 같은 사람을 두고 하는 말인 듯하다. 다행히도 이곳의 직원들은 나의 말을 주의 깊게 들어 주고 아이디어가 있으면 서로 나누며 의견의 충돌이라는 것은 이 세상에 존재하지 않는다는 듯이 대화를 한다. 이 카페의 분위기만큼은 뉴스에서 보던 세계와 달랐다. 사상들이 난무하고 편 가르기가 일상적인 이상한 법칙의 세계에서 한 발짝 물러서서 큰 세계를 보고 있는 듯하다.

아르바이트로 저축한 돈을 이용해 무사히 학교를 졸업하였다. 아르바이트를 더 하고 싶었지만 졸업 논문으로 제출했던 스파이 기술이라는 제목에 흥미를 가진 사람들에게 제안을 받아 그들과 몇 년 동안 일하면서 색다른 경험을 쌓아 가게 된다.

스파이로 잠입했다. 자석의 힘을 실어 천장에서 다녀도 의외로 나는 눈에 잘 띄지 않았다. 나는 숨소리가 깊고 체온도 낮은 편이기 때문이다. 점프와 착지의 훈련에도 능숙하다는 평을 받은 나는 꽤 자신만만했었지만 역시 자만이 클수록 바닥에 떨어진다!

내가 떨어진 곳은 다행히도 푹신한 곳이어서 목숨을 건질 수가 있었는데 자세히 보니 나의 아래에서 쿠션이 되어 주신 분은 날씬하지만 가슴과 엉덩이가 커 보이는 여자였다. 내가 안전하게 떨어진 이유였다.

"쉿! 해치지 않을 테니 도와주세요. 저는 이곳을 감시하는 스파이일 뿐입니다. 정보는 얻어 가지만 절대로 누구를 해치진 않을 것입니다."

다급하게 이런 말을 하고 있었지만 그녀의 입술이 너무 가까이 있어서 나도 모르게 그녀의 입술에 키스를 해 버리고 말았다. 키스가 끝난 후에 그녀는 자신도 나와 같은 출신이고 내 얼굴을 알고 있었다고 말하며 꼭 다시 돌아와 자신을 데려가 달라고 하였다. 두리라는 스파이 견습생으로 아직 그곳에 머물러야 하지만 나중에 만나자는 약속을 했고 그녀 덕분에 안전한 길을 통해서 탈출에 성공하였다.

시간이 지나고 그곳에 다시 찾아가도 보고 수소문을 해 보았지만 두리라는 견습생은 존재하지 않았다. 나에게 심어 놓은 도청 장치로 인해서 계획에 차질이 빚어지게 되었다는 것을 나중에 전해 듣게 되는데 내가 창피할까 봐 아무도 이야기하지 않았다고 누군가가 속삭이는 말이 귀에 들어오게 되어 많이 고민했었다.

스파이는 나에게 맞지 않는다는 것을 깨닫고 나의 마지막 경력으로 사토시 나카모토를 찾는 의뢰와 함께 탐정님을 방문하게 되었다. 첫 아르바이트 장소의 사장님이시던 그분은 동네에서 조금 유명한 탐정 스타게이저이다. 그분을 뵙고 나의 또 다른 인생이 시작되었다.

스파이 슈의 하루 II(고등학생 시절)

자랑하기 좋아하는 친구 녀석이 오늘도 나를 불러 놓고는 비슷한 레퍼토리를 시작한다.

"코스트코에서 이거 공짜로 프린트해 줬어."

"그래? 어떻게 그렇게 했어?"

"내가 얼굴이 되잖아. 그냥 친절하게 웃어 주면 보통 이렇게 해."

그렇군. 얼굴이 되면 그런 거까지 가능하군. 나도 뭔가 자랑할 게 있을 텐데.

"난, 난 이 커피에 공짜로 샷은 추가 못 했지만 공짜로 빨대를 받았어!"

자랑하는 내 말에 당황한 친구는 한 번 생각하더니,

"빨대 원래 공짜로 주는 거잖아."

"그냥 받은 빨대가 아냐. 이건 가슴이 보들보들한 스타벅스 바리스타의 마음이 담겨 있는 빨대야."

"보들보들한 거 너 어떻게 아는데?"

"보면 그냥 알지."

"그럼 만져 본 건 아니네."

"난 모양과 사이즈로 가슴이 보들보들한지 아닌지 구분하는 특별한 능력이 있어."

이때 친구와의 대화 중 들어온 사람이 있었는데 바로 그녀였다. 대화의 시작부터 듣고 있었던 모양이다. 그 사실을 깨닫게 된 순간 식은땀이 등줄기를 타고 흐르고 또 다른 식은땀은 이마에서 빛줄기처럼 흘러내린다. 어떤 말을 해도 커버가 되지 않을 상황. 도망가고 싶지만 그래도 미안하다는 말은 하고 도망가야 할 듯하다. 미안하다고 말을 하려는 순간 그녀가 먼저 말을 해 주었다.

"저기, 대화 중에 끼어들어서 그렇긴 하지만 사실은 슈의 능력이 정확한 것 같다고 생각해요."

반전의 상황이 벌어졌다. 자랑하기 좋아하던 친구는 이 일이 있고 나서 더 이상 자랑하지 않았고 가끔씩 마주치던 그녀를 난 피해 다녔는데 어느 날 도망 다니던 그녀에게 붙잡혀서 우리는 전화하는 사이가 되었다. 그러다 몇 개월 후에 연락이 두절되었고 나의 히키코모리의 시간이 시작된다.

스파이 슈의 하루 III(도서관에서)

잠복근무를 하던 어느 날 도서관에서 책을 찾는 척하면서 주위를 살피고 있었다. 오래전에 지어진 도서관이라서 책의 종류가 12만 권이 넘는다고 한다. 그만큼 거대한 규모의 책장들을 정리해야 한다는 것인데 한적한 도서관에 비해서 책을 정리하는 사서의 움직임은 바쁘다. 높은 사다리를 이용해 새 책을 들고 올라가는 은색 머리 여직원이 눈에 띄었는데 설녀처럼 새하얀 피부에 여우 같은 눈매를 하고 있다. 사다리를 잘 고정하고 능숙한 솜씨로 진열을 시도하고 있는 그녀이지만 한 가지 그녀가 간과한 것이 있었는데 오래된 진열장의 안전성이다. 아침 일찍 발견해서 고쳐 놓았던 느슨해져 있던 진열장의 나사가 다시 흔들리는 것을 보았고 사다리와 함께 그 진열장에 몸을 맡기고 있는 사람은 바로 은색 머리의 그녀이다. 오늘 아침 최대한 눈에 띄는 행동을 피하기 위해서 느슨한 나사를 재빨리 처리했던 것이 실수였다. 지금 보니 나사만의 문제가 아니었고 진열장이 움직이던 원인은 바닥의 돌의 마모 상태였던 것이다.

내가 진열장의 나사를 돌렸던 이 상황을 이른 아침에 누군가가 보고 있었다면 내가 그녀를 넘어뜨리기 위해서 나사를 느슨하게 한 거로 생각할 것임을 깨달았다. 누군가가 나를 지켜보고 있을 가능성이 꽤 있기 때문이다. 적어도 도서관의 카메라는 그럴 것이다. 어찌 됐든 지금은 눈앞에 있는 상황을 처리해야 한다. 높은 진열장이 미세하게 흔들리고 있고 사다리에 몸을 실어 올라가 있는 그녀에게는 그 미세한 움직임도 큰 움직임이 된다. 당황하다가 자신의 중심을 잃은 그녀가 역시 더 당황하게 되면서 사다리마저 흔들려 버린 상태가 되어 버렸는데 그녀는 바로 미끄러지듯이 내려오기 시작했다. 앗, 위험하다! 자칫하다가 그녀의 머리가 진열장이나 바닥에 부딪힌다면 큰일이다. 나는 그녀의 중심을 간파하고 손을 올려서 그녀의 중심을 제대로 잡아 주었다. 중심을 잡아 주긴 했지만 아래쪽에서 중심을 잡기 위해서 가능한 부위는 한 곳이었다.

　스파이로서 존재를 들켜 버린 나는 빠른 걸음으로 도서관을
빠져나오는데 3명이 따라오고 있다. 3명 중 2명은 경비원과 은
색 머리 그녀였다.

지브리 애니메이션의 또 다른
숨은 거장의 죽음을 밝혀라

"왜 그렇게 불쌍하게 혼자만 다녀!"

"아냐, 난 안 불쌍해. 그냥 할 게 많아서 혼자 다니는 거야."

"내가 옆에 붙어 있어서 도와주면 되잖아."

"그럴 수도 있겠지만 내가 하는 일은 위험하단 말야."

"누! 내가 뭐든지 도와줄 거야!"

앗! 이런 초등학생적인 대화는 뭐지! 초등학생 시절 나를 졸졸 따라다니던 연경이. 항상 망토 같은 옷을 걸치고 나를 감싸주려고 쫓아다니는 친구가 있었다. 나는 지금 주마등을 보고 있는 것인가. 이세계로 가는 대신 죽어 가고 있는 것인가.

사실 나의 본명은 누이다. 스타게이저라는 이름은 일하는 직장에서 사용하는 닉네임이다.

"지금 난 의뢰를 받았단 말야."

"초등학생 주제에 무슨 의뢰야! 거짓말 마!"

"정말 받았어. 지브리 애니메이션 의뢰란 말이야. 정말 중요한 거야. 초중요한 거야!"

"지브리? 나한테 자세히 들려줘. 중요한 건지 판단해 줄게."

잠시 어릴 적 꿈을 꾸었지만 다시 시작점에 돌아온 지 삼 일째를 맞이하고 있다. 이곳에 돌아온 이유는 울쿠에게 있을지도 모르는 바이러스와 울쿠의 안전을 확인하려는 것이다. 이틀 동안 산가브리엘과 템플시티를 헤매고 다녔지만 그녀는 어느 곳에도 없었다. 그래서 오늘은 아직 가 본 적이 없는 서쪽 지역으로의 여행을 해 보기로 하고 짐을 챙기고 있다. 위험한 상황에 대비해 마물들을 물리칠 수 있는 무기로 내가 선택한 아이템은 나무로 만들어진 배 젓는 노였다. 움직이기 용이하고 필요할 때 꺼내어 사용할 수 있도록 팔뚝 정도의 크기로 잘라 내어 작은 나무 막대 두 개를 제작하였다. 꺼리던 서쪽 지역으로의 여행을 결심하고 무기까지 제작한 이유는 그곳으로 가면 울쿠에 대한 실마리가 있을 것 같다는 직감 때문이다. 우쿠리와의 비행에서 지형을 살펴보았을 때 서쪽 지역의 이상한 건물 하나를 기억한다. 그 건물은 내가 현실 세계에서 갇혀 있었고 동료들이 와 주었던 그곳의 형상과도 일치했다.

　빠른 걸음으로 단숨에 다다른 곳은 서쪽의 그 건물. 체력의 소모를 아끼기 위해서 달리는 것은 피하였다. 치즈루에게는 미안했지만 쉬지도 않고 단숨에 이곳까지 오게 되었다. 건물을 살펴보고 있는 사이 오른쪽으로부터 뚜벅뚜벅 사람의 발자국 소리가 점점 더 커지며 들려온다. 눈앞에 나타난 사람은 170cm 정도로 보이는 키에 조금은 게을러 보이는 움직임이지만 예의 바른 모습의 청년이다. 하지만 등장한 후에도 인기척이 제대로 느껴지지 않는 예사롭지 않은 부분이 있다. 전문적인 스파이라고 한다면 딱 어울릴 것 같다는 생각이 들었는데 이 사람은 바로 나의 동료 스파이 슈임이 분명하다. 아직 사람들의 얼굴에 대한 기억은 완벽하게 회복되지 않았고 수술 후 마비에서 풀려나는 것처럼 시간이 해결해 줄 것으로 생각한다. 이때 나의 어깨에서 상황을 주시하던 치즈루가 황급히 뛰어가 그 스파이 슈의 어깨에 앉았고 그 동시에 스파이 슈의 목소리가 들리기 시작한다.

"탐정님, 스파이 슈입니다. 저는 탐정님의 첫 번째 의뢰인 규리 씨와 결혼해서 안정된 생활을 하고 있습니다. 탐정님이 궁금해하실 것들을 말씀드리겠습니다. 탐정님은 이세계에서 귀신 같은 존재였습니다. 몸이 현실 세계에 있었기 때문인데요. 하지만 자신의 의지로 이세계에 오게 되신 탐정님은 지금 사람으로서 이세계에 계시고 현실 세계에서는 더 이상 존재하지 않습니다. 그렇기 때문에 현실 세계의 사람들을 만나시게 된다면 그들은 탐정님을 알아보고 물리적인 충격을 주는 것도 가능하게 됩니다.

지금 들어가시려 하는 이 문이 어떻게 작동하는지는 사자가 보여 준 대로입니다. 현실 세계의 특정한 공간으로 이동을 하실 것입니다. 그때와 지금이 다른 점은 귀신 같은 존재가 아닌 사람으로서 입장을 하게 되는 것이기에 그들은 탐정님을 감지하고 공격해 올 수도 있습니다. 사실 탐정님이 이 건물 안으로 들어가시게 되는 것은 한편으로 기적입니다. 예전에 탐정님을 저희가 구출한 후로는 이곳의 보안이 강화되어서 이 건물 근처에도 접근이 불가능하게 되었기 때문인데요. 그래서 다른 한편으로는 현실 세계에 있는 저희가 탐정님을 도와주러 갈 수도 없는 상황이라는 것입니다.

엘사 씨의 말에 의하면 탐정님에게 심어져 있었던 바이러스가 이 건물 안에서 감지되고 있다는 것입니다. 역시 감이 좋으신 탐정님이 이곳으로 오실 거라고 생각하고 이곳에서 준비하고 기다리고 있었습니다. 저희가 모든 것을 볼 수는 없지만 바이러스를 삼켜 버린 울쿠 씨는 이곳에서 살아날 대책을 강구하고 있었고 이곳에서 나가지 못하고 갇혀 있는 것이 아닌가 하는 추측을 한다고 역시 엘사 씨가 말해 주었습니다. 지브리 관련 의뢰로 시작된 이곳과의 인연은 그 의뢰를 해결했을 때 동시에 이곳과의 인연에서도 벗어날 수 있을 거라는 것이 역시 엘사 씨의 조언이었습니다. 부디 이 퀘스트를 성공하셔서 문을 열었을 때 현실의 세계에서 모두와 만나기를 바랍니다. 현실 세계로 돌아오는 방법에 대해서 저희는 모릅니다. 엘사 씨가 연구를 진행하고 있고 시간이 더 걸릴 거라고 했습니다. 문을 열고 나오실 때 현실 세계가 보이지 않는다면 오늘이 탐정님과 마지막일지도 모르기 때문에 규리 씨와 제가 항상 감사하게 생각하고 있다는 거 알고 계셨으면 합니다. 설명이 길었습니다. 최대한 가까운 곳에서 기다리고 있겠습니다."

이 말을 남기고 스파이 슈는 사라졌다. 지브리 의뢰 건이라면 내가 해결하지 못한 의뢰이고 이세계에 온 후로도 꿈속에서 자주 등장했었다. 규리 씨와 스파이 슈와 같이 팀으로 일하던 때 사이비 관련 의뢰가 한 건 들어온 적이 있었다. 그때 나는 규리 씨와 스파이 슈의 은퇴를 권했을 정도로 위험이 기다리고 있을 것을 알게 되었는데 그 의뢰를 조사하던 중 어김없이 깨닫게 되는 한정된 정보들과 삭제된 정보들 뒤에는 항상 거대한 힘이 있었다. 내가 감당하기 무리였던 그 의뢰를 받아들였던 이유는 사람들이 꼭 알고 있어야 할 중요한 정보들도 같이 숨겨져 있었고 잊혀 가고 있었기 때문이다.

그 지브리 의뢰 건은 애니메이션의 숨은 거장이 있는데 그의 죽음에 부자연스러운 부분이 있다는 것이다. 부자연스러운 부분을 밝히는 것은 간단할 수도 있다. 하지만 누군가 숨기려 하는 부자연스러움을 밝히려 할 때는 결론적으로 그 사건의 범인을 밝혀 달라는 의뢰가 되기도 한다.

애니메이션의 거장 미야자키 하야오와 유명한 가수 그룹이 합작으로 만들었던 뮤직비디오가 있는데 그 영상은 작품의 독특함과 완성도에 비해서 잘 알려져 있지 않다. 누군가가 일부러 감추었다고 해도 충분히 수긍이 갈 정도로 알려져 있지 않은 작품이다. 그 작품에 참가했던 가수는 마약 혐의로 감옥에 들어갔고 그 애니메이션의 거장은 다행히 무사히 살아 있지만 그 거장과 친한 또 다른 거장 한 명이 목숨을 잃고 말았는데 그 목숨을 잃은 만화가는 주옥같은 전설의 애니메이션 중심에 있던 사람으로서 미야자키 하야오를 이을 사람으로 주목될 만큼 그 안목과 그림체가 뛰어난 만화가였다. 그의 이름은 콘도 요시후미. 그 역시 그의 실력과 업적에 비해서 누군가가 의도적으로 그의 존재를 감추려 해 왔다고 말해도 수긍이 갈 정도로 알려져 있지 않은 인물이다. 콘도 요시후미의 유명한 경력을 보면 <원령 공주>, <추억은 방울방울>, <빨간 머리 앤>, <명탐정 홈즈>, <미래 소년 코난> 등이 있고 재난의 시작을 부른 <온 유어 마크>라는 작품의 첫 상영은 바로 콘도 요시후미가 감독한 <귀를 기울이면>이라는 작품의 첫 상영 전에 함께 세상에 알려지게 된다.

그렇다 <온 유어 마크>라는 뮤직비디오와 콘도 요시후미는 무시할 수 없는 접점들이 있다. <온 유어 마크>의 작화 감독인 안도 우마사시와 콘도 요시후미와의 접점도 있지만 안타까운 일은 이 접점들은 심증일 뿐이다. 콘도 요시후미의 정보들이 해가 갈수록 점점 사라져 가고 있는 지금 콘도 요시후미의 죽음이 <온 유어 마크>와 관련이 있다는 증거를 찾기란 쉽지 않은 일이다. 그래도 심증이 있기 때문에 나는 이 사건을 한 걸음 물러나 생각해 보았다.

정보들이 사라져 가는 시점. 그렇다. 최근 정보들이 사라졌다는 말을 많이 듣게 된다. 2020년 세상의 문이 닫히던 시점. 이 시점은 공식적인 정보들을 허락도 없이 삭제하거나 수정하는 것이 가능한 시기였는데 비상시라는 이유로 절대적인 권력을 행사한 사람들이 있었다. 이 시기를 주시하고 있던 나는 이 과정을 눈으로 하나하나 확인하는 것이 가능했다. 눈에 띄었던 자료 중 하나는 독감 관련의 의학 관련 자료들이 자취를 감추었고 독감의 경로를 발표하는 과학자들의 자료들도 발표가 되기 무섭게 삭제가 되어 버리는 현상이 발생하게 된다. 위키피디아를 비롯한 공정하고 사실적인 자료들을 말해 주어야 하는 기관들과 회사는 물론 학교들까지도 많은 자료를 삭제하고 수정하였으며 이 자료들과 함께 주옥같은 콘도 요시후미의 정보와 그림들도 같이 사라지게 되었다. 범인이 정보를 삭제하려 한다는 것은 기본적인 추리의 원리에 의해 진실을 삭제한다는 말도 된다.

콘도 요시후미가 사망한 후 전설 같은 대작들도 같이 사라졌다고 해도 과언이 아닐 것이다. 그 후로 나온 지브리의 대작은 현재 살아남은 다른 거장이 만든 작품 하나를 제외하고는 찾아보기 힘든 것은 아닐까. 도대체 <온 유어 마크>라는 그 영상은 무엇이었을까?

<온 유어 마크>는 천사를 구해 내는 두 경찰관의 이야기이다. 그 뮤직비디오를 보고 있으면 같은 장면의 되풀이를 확인할 수가 있는데 그것은 미래를 예측하는 천사의 힘이다. 어떤 예측에서도 두 경찰관은 혼신의 힘을 다해서 그녀를 구하는 것에 전념을 하고 마침내 그들은 천사를 구해 내어 하늘로 보내준다는 멋진 애니메이션과 멋진 음악의 전설적인 그 작품은 몇백 번을 봐도 질리지 않을 만큼 감동을 담아내고 있다.

감동의 명작을 만들었는데 무엇이 문제였을까? 문제가 발생할 가능성이 충분한 곳은 그 영상의 첫 장면이다. 사이비 종교 집단의 건물을 경찰들이 비행기로 무너뜨리고 그 집단을 소탕하는 장면이 있고 그 사이비 집단의 근원이 누구인지 과감하게 공개해 버렸다. 눈의 형상을 한 마크도 영상에서 확실히 공개하고 있다.

마지막 퀘스트

　고전 건축 양식으로 지어진 폭이 30m 정도, 길이가 20m 정도에 3층으로 지어진 이 건물은 창문과 환풍기의 위치를 보았을 때 그리고 눈이 가려진 상태로 방문했던 때의 기억을 떠올린다면 큰 부엌이 건물 2층 오른쪽 구석에 있을 것이고 2층으로 올라가는 계단은 큰 기둥 둘이 받쳐 주는 건물의 왼쪽 뒷부분으로 그 폭이 1m 정도밖에는 되지 않을 것이다. 문 앞에는 시간이 적혀 있다. 아침 10시부터 저녁 5시까지 영업합니다. 애써 적어 놓은 이 시간은 사람의 출입을 철저히 통제하기 위한 수단일 것인데 이 문을 여는 순간 무엇이 보일지 조금은 상상이 간다.

　당겨야 열리는 문이다. 문고리를 잡는 순간 건물 안에서 발생하는 소리들의 진동이 내 손에 전달이 되는데 꽤 많은 사람이 있는 듯하다. 안에서 나오는 냄새도 확인하기 위해 문을 조금만 움직여 보았다. 문 아래쪽 틈새에서 건물 안의 상황이 냄새로 전달되어 왔다. 이곳은 전기의 냄새와 자기장의 움직임이 강하다. 사이비 종교 중에는 신도들에게 미세한 전류를 흐르게 해서 몸을 뒤틀어지게 만들어 웃음을 자아내는 방법도 사용하고 갖가지 기술의 마술을 혼합해 자신들이 신비한 초능력을 가진 것처럼 세팅을 하는 사람들도 있는데 이 건물에 흐르는 자기장은 꽤 강하다. 고양이 치즈루에게는 작별의 인사를 전했다. 절대로 안으로 들어오지 말라고 당부하며 나중을 기약했다. 그리고 나는 그 문을 열었다.
　역시 예상대로 왼쪽 구석에서 시작하는 계단의 폭은 건물의 크기에 비해 좁은 편이다. 나를 발견한 신도 한 명은 눈이 풀려 있는데 다른 사람들을 부르기 시작했다. 휴게실로 보이는 곳에서 여러 명이 쏟아져 나왔고 조그만 방 안에서도 여러 명이 나왔는데 나의 목표는 우선 좁은 계단을 효과적으로 진입해 상대의 움직임을 최대한 묶어 둔 상태에서 2층으로 올라가는 것이다. 당황한 그들은 서로의 행동을 확인하고 5초 안에 나를 향해 일제히 달려올 것인데 예측대로 움직이면 안 된다. 그리고 그들의 흐름을 깨고 나의 흐름으로 만들어야 한다.

　지금은 수십 명이지만 수백 명을 상대해야 할지도 모르는 상황이다. 그 인해 전술을 뛰어넘기 위해서는 상황에 따른 전략이 필요할 것인데 우선 한 명 한 명씩 상대해 주면서 진행되는 흐름으로 발생하는 기회를 보는 것이 계획이다. 지금 앞에 서 있는 눈빛이 흐린 이 사람들은 살기가 없고 명령에 따르는 사람들일 것이다. 한 명이라도 상처를 주지 않기 위해 기절시키는 방법을 선택했는데 뇌로 향하는 모든 신경이 지나는 곳인 목과 후두엽이 만나는 움푹 파인 부분에 충격을 주어 쓰러뜨린다. 사실 이 부분은 바늘로 찌른다면 즉사하는 곳이다. 충격이 닿는 곳의 면적을 계산해 몇 분 정도 기절시켜야 하는지도 조절해야 하는데 최소한의 충격으로 일을 진행한다. 그렇게 눈앞에 보이는 10명 정도를 빠르게 쓰러뜨리고 계획한 대로 2층으로 향하는 좁은 계단을 가뿐히 올라가게 되었다. 2층의 공간은 방의 개수가 적어서 1층보다도 더 넓었다. 2층에서는 사이비 신도가 더 많이 쏟아져 나오고 있는데 그 공간이 너무 넓어서 좋은 자리를 확보하지 못하면 많은 인원이 한꺼번에 공격해 올 것이고 나는 한계에 부딪히고 말 것이다. 방법을 강구해야 한다.

"안녕하세요. 실례합니다. 느닷없이 들어와서 죄송합니다. 이 건물의 주인을 만나 뵙고 상의할 일이 있습니다. 그곳까지 안내해 주신다면 이야기가 끝나는 대로 결과를 여러분께 보고해 드리겠습니다."

나의 정중한 말에 답해 주는 여러 명의 소리가 한꺼번에 들리기 시작했는데 이곳의 사람들은 상당히 호전적인 듯하다.

왼쪽 바로 앞에는 30대 남성 1명과 50대 여성 1명. 오른쪽 앞에는 20대 남성 2명과 고등학생 정도의 나이로 보이는 여성 1명과 남성 2명.

앞에 있는 이 7명이 아무런 무기도 없이 일제히 나를 향해 돌격해 온다. 하지만 그들의 움직임은 느리고 읽기 쉬워서 30초도 안 되는 시간에 고등학생 3명을 제외한 모두의 후두엽을 강타해 기절시켰다. 고등학생 3명은 그들이 입고 있던 옷을 서로 묶어서 팔을 움직이지 못하게 하였는데 이 광경을 부엌 쪽에서 보고 있던 8명의 사람이 제각각 무기를 들고 나오게 되었고 기절해 있는 사람들 뒤쪽으로 서 있던 30명 정도의 신도는 그 8명의 무기에 다치지 않게 한 걸음 뒤로 물러나 상황을 지켜본다.

나는 뒷주머니에 꽂아 두었던 나무 막대기를 꺼내어 돌려 주면서 나의 공간을 확보해 주었다. 그러자 부엌으로 들어갈 공간이 확보되었다. 나의 두 번째 계획은 부엌에 들어가는 것이다. 그곳에 들어가면 음식을 손질할 때 손에 상처가 나지 않게 보호해 주는 장갑이 있을 것이다. 좀 전에 그 은색 장갑을 벗고 나오는 것을 눈으로 확인하였다. 그 장갑만 있다면 좋은 방어막이 되어 줄 것이고 웬만한 날카로운 공격으로부터 방어하는 것이 가능할 수 있을 것이다. 찌르는 공격에는 무방비이겠지만 현재 찌르는 무기를 들고 있는 사람은 없다. 나는 재빨리 부엌으로 들어가 그 장갑을 손에 넣고 한쪽에 구멍을 만들어 나의 왼쪽 팔뚝에 끼웠다. 됐다! 왼쪽 팔뚝에는 방어막, 오른손에는 나무 막대기를 들고 무기를 든 8명을 제법 간단히 제압하게 되었다. 그들 역시 아무런 상처 없이 기절만 시켜 놓은 상태이다. 하지만 이 소란이 정리되는 사이 몇 배나 많은 신도가 1층과 3층에서 모여들었는데 아무래도 전부 동시에 덤벼 올 기세이다.

난 천하무적이 아니다. 언제든지 무너질 수 있고 나의 움직임을 주시하는 사람이 있다면 언제든지 한 방 맞을 수 있다. 싸움은 게임과 비슷하다. 나의 최대치의 한계량이 움직일 때마다 줄어들고 한 방 맞을 때마다 줄어든다. 그래서 그 맞는 충격을 최대한 줄이기 위해 맞는 각도를 최대한 빗겨 나가게 하는 방법을 선택한다. 크게 피하다 보면 허점이 생기고 에너지 소모도 많아지고 시간적으로도 지체되기 때문에 피하는 것보다는 맞는 것이 나을 것이다. 그 작전으로 나의 한계치에 다다르기 전에 빠른 속도로 전진하는 것이 나의 다음 계획이었지만 현재 내가 움직일 공간이 많지 않다는 것이 가장 큰 문제였다. 움직일 공간이 없다면 모든 계획이 끝나는 순간이 될 수도 있는데 퍼즐을 움직일 때처럼 어떻게 해서든 나의 공간을 만들어 내야 한다. 공중으로 점프를 하는 것은 몸을 띄우기 위한 준비 자세의 움직임이 크고 시간이 많이 소요되기에 읽히기 쉽다. 움직임을 줄이고 공간을 만들기 위해서 창문을 열어서 틈새를 만들거나 의자 아래로 들어가 공간을 확보하기도 하고 테이블 아래에서 나의 모습도 감추는 등의 방법을 사용하였다. 그러던 순간 14살 정도로 아주 어려 보이는 소년이 테이블의 모서리를 향해 넘어지고 있었다. 그 순간 나는 그 소년의 목 부분 셔츠를 강하게 잡아서 겨우겨우 넘어지는 속도를 늦춰 주었다. 하마터면 어린이가 다칠 뻔했다. 어쩌다 이런 어린이들까지 무조건적인 명령에 복종하는 신세가 된 것인가. 마지막 목표인 3층으로 가는 좁은 계단이 눈앞에 있고 그곳에 가면 나에게 유리한 전개가 이어질 수도 있겠지만 어린이들까지 무리 속에 있다는 걸

발견한 이상 이대로 진행할 수는 없다. 나는 이 퀘스트를 포기하기로 하고 돌아온 문을 향해 돌진하기로 결정했는데 그때 나의 움직임이 읽혀 버리고 말았다. 누군가의 커다란 한 방이 나의 머리를 내리치고 있었다. 나의 움직임을 읽히고 말았다. '여기서 끝나는구나!'라고 생각하는 순간 우당탕 소리와 함께 나의 머리를 강타하던 커다란 주먹은 바닥으로 내팽개쳐졌다. 큰 도움이 있었는데 정신을 차리고 일어나 보니 기절시켜 놓았던 50대 남성이 자신과 같이 있었던 6명을 데리고 나를 둘러싸 보호하고 있었다.

"기절에서 깨어나 누워서 상황을 지켜보면서 정의라는 것을 생각해 보고 있었습니다. 어렸을 적 만화책을 읽으며 정의의 사자를 꿈꾸지 않았던 사람이 어디 있겠습니까. 한 번 사는 거 가슴이 울릴 정도로 정의롭게 살아야지 한심하게도 옆 사람들 하는 대로 따라만 했던 저희는 눈앞에서 벌어지는 상황을 다시 생각해 보게 되었습니다. 그리고 내 아들을 살려 준 광경을 목격하고 가만히 있는 아버지가 있다면 그건 아들에게도 용서받지 못할 일이고 정의롭지 않습니다!"

이런 전개는 예상 밖이다. 신도들이 이렇게 짧은 시간에 마음을 바꿔 준 사례가 있었을까? 기적은 바로 지금 이곳에서 일어나고 있는 것이다. 그 50대 남성은 눈에서 정의의 빛을 발하며 의지가 강한 완전히 다른 사람이 되어 있었다. 그리고 사람들에게 큰 소리로 외친다.

"너희에게는 중요한 것이 없다. 너희는 천국에 가기 위한 목적으로 매일매일 복종하며 자신의 안식을 찾으려 하지만 그곳에 정의가 없다면 천국에 가는 것을 포기해야 할 것 아니냐. 그렇게 간 천국은 진짜 천국이 아닐 것이다! 하루하루가 불안하고 일분일초가 두려워서 평생 마음이 쉴 곳이 없을 것이다! 설령 너희가 천국에 간다 해도 그곳은 절대 천국이 아닐 것이다!"

와! 이 말은 신도의 입장에서 신도를 바라보며 진심으로 하는 솔직한 말. 그렇다면 나도 진심이 담긴 말을 하고 싶다. 가만히 정지되어 서 있는 인파 속에서 나는 조용한 어조로 담담하게 이야기하였다.

"여러분. 처음 뵙겠습니다. 저는 여러분 모두를 쓰러뜨릴 정도로 강력한 힘을 지닌 사람도 아니고 여기의 누구보다 잘난 사람도 아닙니다. 저도 간절히 원하는 걸 이루고 싶고 편안한 생활을 해 보고 싶고 아주 쉽게 우쭐해져서 친구들에게 자랑하기도 하고 나의 편안을 위해서 다른 사람의 고통을 간과할 때도 있습니다. 저는 여러분을 잘 알지 못하지만 여러분 중에는 세상을 바꿀 대단한 사람도 있을 것이고 나의 주위 사람들에게 따뜻한 말 한마디 건네 줄 사람도 이곳에 있을 것이고 앞으로 어떤 장소에서 재밌게 나와 함께 놀아 줄 사람들도 이곳에 있을 거라고 생각하고 있습니다. 여러분이 다치거나 상처를 입거나 하는 것을 원치 않습니다. 저는 단지 여러분의 생활에 막대한 영향을 행사하고 있고 여러분이 신이라고도 생각할 수 있는 그 사람을 만나기를 희망합니다. 할 말이 있고 알고 싶은 것이 있고 해결해야 할 일도 있기 때문입니다.”

이때 나의 목소리가 더 이상 들리지 않을 정도로 커다란 음악이 스피커에서 나오기 시작한다. 그와 동시에 신도들 사이에 숨어 있던 한 명이 나를 향해서 걸어 나온다. 몇 명은 그를 향해 엎드려 절했지만 대부분의 사람은 그냥 서 있다. 아마도 이곳의 교주라는 생각이 드는데 몇 명만 절을 했다는 것은 이곳 대부분의 사람이 망설이고 있다는 것이다.

“꽤 감동했습니다. 여기에 있는 신도들이 이제 더 쓸모가 없게 되었네요. 사실 지금 저도 흔들리고 있습니다. 내가 무엇을 해 왔나 하고 말이죠. 이렇게 되어 버린 거 모두가 있는 곳에서 툭 터놓고 이야기하겠습니다. 저 같은 사람은 많이 있습니다. 사이비의 기술을 습득해서 이곳저곳 퍼트리는 사람이 많이 있습니다. 우리 같은 우두머리는 주교 또는 대주교 이렇게 불리는 것 같은데요. 저도 속고 있는 사람이라고도 할 수 있습니다. 그러니 혹시 저를 미워한다든가 공격한다든가 하시면 곤란합니다. 모든 걸 이야기해 드리겠습니다.

　사이비 종교의 거장으로 불리는 마하마하 라뚜루스는 감옥에서 지내던 평범하고 사악한 어디서나 존재하는 사기꾼이었고 이 사기꾼은 거짓말을 하면 의외로 믿어 주는 사람들이 있다는 것을 깨닫게 되어서 감옥에서 나와서도 여전히 거짓말을 하며 돌아다니게 됩니다. 10번의 거짓말에 1명이 넘어와 주면 '앗싸 복권 당첨!' 같은 기분이 되기도 하고 거짓말을 하던 도중 자신과 비슷한 탐욕을 가진 사람들을 만나게 되면 그들은 자연스럽게 그의 제자가 되어 주기도 합니다. 그러던 어느 날, 그는 가장 효과적인 사기 방법을 발견했는데요. 자신이 신이라고 말을 해 버리는 것입니다. 의외로 이 터무니없는 말에 많은 사람이 속아 넘어와 주었구요. 예를 들어 수치로 이야기한다면 10명 중 1명이 넘어온다고 해도 그 넘어온 사람에게는 절대적인 권력을 행사하는 것이 가능합니다. 그렇습니다. 그 넘어온 사람은 뭐든지 다 해 줍니다. 그래서 이 수치는 굉장한 수치이고 '내가 신이다.'라는 말은 모든 걸 가져다주는 마법의 단어입니다. 이렇게 쉽게 부와 다른 모든 것을 손에 넣게 되다니 '세상은 왜 이렇게 쉬운 것인가?'라고 생각하며 매일매일 파티를 해야 하는 날이었습니다. 사실 사기꾼 마하마하 라뚜루스도 비난을 받을 만하지만 아주 쉽게 넘어가는 사람들에게도 어느 정도 문제는 있을 것임은 간과할 수 없다는 것이 저희의 주장입니다. 그 쉽게 넘어가는 사람들은 쉽게 신을 믿어서 쉽게 마음의 안식을 얻으려는 성향이 있다는 것은 부인하기가 힘들 수도 있기 때문인데요. 어찌 됐든 이 10명 중 1명이라는 수치를 곰곰이 생각해 보면 10명 중 1명이 아니고 10명 중 6명이 된다고 가정을 해 보겠습니다. 만약 이것이 가능하고 이 공식을 세상에 적용하게 되어 성공한다면 마하마하 라뚜루스는 세상의 반 이상을 차지하게 될 수도 있다는 말이 됩니다. 공교롭게도 이런 생각을 하는 사람들은 마하마하 라뚜르스 이외에도 있었습니다.

그들은 세상을 돈으로 지배하려는 야욕을 가진 사람들로 오래전부터 사람을 상대로 실험을 한 후에 사이비 종교의 절대적인 힘의 효과에 대해 굉장한 관심을 보였습니다. 그리고 그 힘을 키우기 위해 사이비 종교의 지도자들을 불러 모았습니다. 그렇게 모인 사이비 지도자들에게 경제적으로 그리고 법적으로 지원을 해 주고 세상을 지배하는 사람들은 그들의 모든 활동을 사이비라는 종교 안에서 무한적인 보호를 받게 됩니다.

왜냐하면 종교는 법이 건드릴 수 없는 부분이 있기 때문입니다. 그들은 서로 강력하게 붙어 버린 공생 관계의 구조가 되어 버린 겁니다. 그래서 우리 같은 사이비 종교는 어떤 그룹도 어떤 국가도 함부로 건드릴 수가 없습니다. 그렇게 해서 마하마하 라뚜루스 같은 사이비 지도자들은 빠른 시간에 유명해지고 빠른 시간에 막대한 권력과 부를 갖게 됩니다.

   좀 더 자세히 말씀드리면 10명 중 6명의 사람을 넘어오게 하는 것은 좀처럼 쉽지 않았습니다. 때문에 그들이 선택한 작전은 고도의 심리 기술과 스파이 작전이었는데요. 예를 들면 공식적으로 인정되고 역사가 깊은 종교들에 스파이들을 보내어 모든 종교가 비슷하다는 것부터 시작해서 모든 종교가 같다는 허무맹랑한 사상을 심는 것에 성공하고 있죠. '소수의 스파이가 뭘 할 수 있겠는가.' 하고 안심하는 사람들도 있겠지만 특별한 기술력과 막대한 재정이 뒷받침해 주면 불가능할 일도 없을 것입니다. 이 계획은 오랫동안 치밀한 계획으로 진행되어 대대적인 성과를 거두어 왔고 현재는 세상의 모든 종교가 하나가 되는 움직임이 자연스럽게 일어나고 있고 그 하나의 종교는 원래의 계획대로 사이비화로 향하고 있습니다.

이렇게 좋은 작전도 방해를 하는 사람들이 나타납니다. 방해를 하는 사람들이 사회적으로 존경을 받는 인물이거나 큰 영향력이 있는 사람이라면 그 방해자들을 철저하게 사람들 앞에서 무너뜨리는 것이 필수적인 사항이었습니다. 그래서 쳐 놓은 함정에 걸린 영향력 있는 사람들은 미디어의 적절한 도움으로 사람들 앞에서 나쁜 사람인 듯 철저하게 무너져 왔고 지금도 사라져 가고 있습니다. 뉴스가 덮어 주는 미디어의 혼란으로 눈을 가리는 또 다른 혼란을 넣어 주면 무엇이 진실인지 진실은 어디에 있는지 구분이 가지 않게 되어 버립니다.

　<온 유어 마크>라는 영상이 궁금해서 이곳에 오게 된 것 같은데 그렇게 강력하고 무서운 사람들을 영상에서 대놓고 인정사정없이 쓸어버리고 세상에 알리면 아무리 나쁜 악당이라도 기분 나쁜 일이죠. 그렇게 힘도 없으면서 무리한 싸움을 해 대면 무차별하게 당하게 될 수도 있기 때문에 그 부분은 조심하셔야 할 것입니다. 오늘 이곳에서 큰 소동으로 저까지 이렇게 말을 하게 만든 탐정님도 힘도 없이 너무 무리한 일을 진행하고 계신데 특별한 이유가 있을 거라고는 예상합니다. 어떠한 이유에선지 자신을 잘 기억하고 있지 못하고 계신 듯한데 당신은 이곳에 방문했던 적이 있었던 아니 잡혀 왔었던 스타게이저

마지막 퀘스트

라는 사람으로 그 당시 동료 두 명이 들어와서 탐정님을 구해 갔던 적이 있었는데요. 그 후로 보안 시스템을 올렸기 때문에 그런 일을 다시 하기는 불가능하지만 어떤 이유에서인지 그 방어막을 뚫고 탐정님이 여기에 있는 것도 신기하지만 신으로 칭송받던 저의 위치도 지금 황당하게 되었습니다. 하지만 이렇게 되었으니 오늘은 여기에서 무사히 나가도록 해 드리겠습니다."

추리력과 상황을 간파하는 능력도 있는 이 교주 같은 사람은 사실을 말하려고 노력하고 있다. 한편으로는 자신이 불리한 상황에서 살아 보려고 하는 것처럼도 보인다. 일이 끝나기 전까지는 방심해서는 안 된다. 내가 이곳에 온 목적은 울쿠를 구해 내기 위해서이다.

"베푸시는 친절 감사드립니다. 제가 이곳에 잡혀 있던 당시에 제 머릿속에는 바이러스가 들어간 것으로 추정이 됩니다. 그 바이러스를 없앨 방법은 있는 걸까요?"

"불가능합니다. 아직 그럴 만한 기술이 저희에게 없습니다. 사실 실험 중인 바이러스였기 때문에 그것이 어떻게 작동하는지는 아무도 모릅니다. 혈색이 안 좋으신데, 저에게 하고 싶은 말이 있으신 건 아닌지요."

"혹시 여기에 천사처럼 생기신 분이 잡혀 있지는 않나요? 쌍꺼풀이 없고 빨간 곱슬머리의 귀여운 여성분입니다."

"그분은 경찰관들이 구해 가셨습니다. 농담입니다. 그분은 아마 우리 곁에 있는 듯합니다. 눈에 보이지는 않지만 뭔가 있다는 것을 왠지 어제부터 알 것 같습니다. 이곳의 방어 시스템을 내리고 스타게이저 님을 바깥 게이트까지 안내해 드릴 겁니다. 아마도 그녀도 원하는 곳에 도달할 수 있을 거라고 짐작합니다."

그렇다. 그녀는 이곳에 있다. 현실 속에 있다. 이곳에서 나가려 하였지만 방어 시스템에 의해 같은 자리를 맴돌았을 것이다. 내가 할 수 있는 최선은 아마도 그녀에게 탈출구를 열어 주는 것이다.

"부탁이 하나 있습니다. 제가 나가는 동안 내리는 방어막들을 다시 닫지 말아 주시기 바랍니다. 그리고 오늘 하루만 모든 방어막과 창문과 문을 열어 주셨으면 합니다."

그 교주는 나의 모든 요구에 응해 주었고 교주의 옆에는 그 약속을 지켜 줄 증인들도 있었다. 그분들의 친절한 안내와 함께 나는 문을 빠져나오게 된다. 내가 들어온 문을 나왔을 때 이 세계가 아닌 현실 세계에 있었다. 그렇다면 이 퀘스트는 성공한 것이다. 울쿠도 구했을 것이다. 나는 정원을 걸어서 게이트라고 하는 곳을 지나 차들이 다니고 빌딩이 보이는 현실 세계

에 서 있게 되었다. 그리고 길 건너편에는 나를 기다리겠다고
했던 동료들이 있는 듯하다. 4명이 나를 보며 멀리서 손을 흔들
어 주고 있다.

  마지막으로 방어 시스템을 내리고 나를 나오게 해 준 모두에
게 감사의 마음을 전하였고 가능한 한 모든 문을 열어 놓아 달라
고 마중 나와 준 모든 분에게 간절하게 다시 한번 부탁하였다.

  마지막 퀘스트를 끝냈지만 성공적으로 끝낸 것은 아니다. 울
쿠의 안전에 대해 확인할 부분이 아직 남아 있다.

  이세계에서의 생활이 끝이 나고 동료들의 소식과 그동안 벌
어진 사회 현상들을 자세히 듣게 되었고 그렇게 며칠 정도는
현실 세계에 적응하는 시간이 필요했다. 에너지가 충전되는 것
이 아니고 잠을 자면 몸이 회복한다는 것도 적응이 필요했고
아이템을 받는 대신 돈이라는 것을 주고받고 하는 것도 감을
잡기까지 며칠이 소요되었다.

탐정이 돌아왔다!

"탐정님, 지금 이러고 계실 시간이 없으십니다. 저기에 쌓인 것들이 그동안 들어온 의뢰들입니다"

"음, 너무 많은데 조금 취소하면 안 되는 걸까?"

"안 되죠! 다 돈이죠! 이곳 유지비가 그냥 벌어지는 게 아니죠. 저 같은 좋은 직원도 쓰려면 돈 있어야죠!"

엘사의 솔직함은 항상 새롭다!

마야미의 주소는
심장 박동 127 혈압 198

나는 마야미 첼리스트. 가끔 기도를 한다. 매일 기도를 하고 싶지만 나는 그럴 만한 자격이 없고 그냥 방황하는 존재이다. 오늘은 보고 싶은 사람이 한 명 생각이 났다. 어쩌다 보니 공생 관계가 됐다고 해야 할까. 아니면 내가 일방적으로 쫓아다닌다고 해야 할까. 오늘도 망설여지지만 그에게 방문하기 위해서 나름대로 심사숙고하고 열심히 준비했다.

첼리스트 마야미라는 분이 찾아왔다. 첫눈에 누구인지 알아보았다. 내가 이세계에 있던 시절 나의 돌 방패를 뺏어 간, 아니 아름다운 첼로의 선율을 매일 아침 들려주시던 고마운 분이시다.

> 마야미 씨는 혹시 세계와 이세계를 자유자재로 다니시는 분이십
> 니까? 혹시 지금 보여 줄 수도 있습니까? 가르쳐 주실 만한 팁이
> 있다면….

이렇게 묻고도 싶었지만 오랜만에 만난 것이 너무 반가워서
간단한 질문부터 시작하였다.

"그나저나 저의 방패는 어떻게?"

"역시 나에겐 무례하군! 다른 사람들에게는 그렇게 자상하게
말해 주면서. 그렇게 나올 줄 알고 그 방패는 벌써 삼켜 버렸는
데."

"어떻게 그거를…. 그렇게 큰 걸 어떻게?"

"코피루왁이라는 커피를 아시죠. 그것처럼 숙성시켜서 다시
가져 나왔습니다. 숙성이 되고 나니 이렇게 귀엽게 변했는데
요. 저의 정성이니 소중하게 보관해 주신다면 문제를 해결하는
최고의 아이템으로의 승격이 가능할 것입니다!"

역시 허를 찌르는 언변과 행동은 타의 추종을 불허하는 마야
미 씨이다. 그런데 코피루왁이라고 말하였다. 혹시 그녀가 울

쿠인 것은 아닐까 하는 생각도 들게 되었다.

"스타게이저, 혹시 나를 오해할 수도 있겠지만, 난 사람이고 여기저기 다니며 첼로를 연주할 뿐이야. 피 검사는 이상했지만."

역시 재밌는 언변의 소유자. 내 맘을 꿰뚫어 보는 능력도 대단한 분이다.

"오늘 찾아오신 이유는?"

"역시 또 나에겐 무례하군! 자상한 말부터 해 주면 좋을 텐데. '그동안 어떻게 지냈느냐. 조금은 보고 싶었다.'라거나 '오늘 찾아오셔서 기쁘다.'라거나 그런 말도 많을 텐데 미움 먹을 단어를 선택하는 이유는 혹시 나의 미모에 긴장해서 그런가?"

뜨! 들켜 버렸다. 사실 그녀는 이쁘다. 피부도 좋고 무엇보다 내가 지금 긴장하는 이유는 의상이다. 어디를 보고 말을 해야 할지 곤란한 의상이지만 이대로 있어 주면 좋겠다는 생각도 들게 만드는. 사실 내가 그녀를 좋아할 수밖에 없는 이유는 내가 외로웠고 혼자 있던 시절에 나를 위해서 내가 가장 좋아하는 음악을 들려주었고 내가 아침에 눈을 뜬 외로운 시간에 나에게 달려가서 할 일이 있도록 만들어 주신 분이기 때문이다. 나의 아이템을 뺏어 간 얄미운 점도 있긴 하지만 그녀에게서 받은 선물들은 내가 갚는 것이 불가능할 정도로 고맙다. 그녀는 보기와 다르게 생각이 깊고 상대방을 진심으로 생각해 주시는 그런 분으로 나에게는 잊을 수 없는 여인인 것이다.

"오늘 들른 이유는 현실에서도 만나고 싶었을 뿐이야. 내가 없으면 아무것도 못 하는 나약한 겁쟁이가 이곳에서는 어떻게 지내는지 궁금했을 뿐인데 그래도 나름대로 제대로 일하고 있는 것 같아서 안심하고 떠날 거지만 그래도 혹시나 나에게 관심이 생기면 연락할 수 있도록 연락처는 남겨 주어도 괜찮을 거 같다는 생각도 해 보는데."

"연락처 감사히 받겠습니다!"

앗! 반사적으로 나온 나의 반응. 나는 지금도 긴장하고 있다. 지금의 나의 말은 받아치지 않고 그녀는 예쁜 펜으로 향기가 나는 작은 종이에 꼼꼼히 연락처를 적어 주는 데 집중하고 있고 그녀에게 아침의 햇빛이 내려오고 있어서 이세계에 있던 그때의 환상의 첼로 공간도 떠오르게 해 주고 있다. 그녀의 첼로 소리가 듣고 싶다!

"연락처와 덤으로 첼로 연주를 듣고 싶습니다. 혹시 공연하시는 날짜와 시간이라도 있으시면?"

전화번호도 고마운데 더 많은 요구를 하고 있는 나는 더 긴장해 버렸다. 그런데 왠지 모르게 그녀는 조용하고 차분해졌고 작은 쪽지에 전화번호 이외에도 뭔가를 더 적어 넣고 있는 듯하다.

심장 박동 127 혈압 198

난해하다. 무슨 의미일까? 혈압이 198이라면 병원에 입원해야 할 상황일 수도 있지만 모두가 그런 것만은 아니다. 혈압 198에 맞춰서 오랜 시간이 지났다면 몸이 적응해 주어서 정상적인 생활이 가능한 사람들도 있다. 평소의 심장 박동이 127이라면 빠른 편일 수도 있겠지만 편안히 누워 있는 상태에서도 근육이 아닌 다른 곳에 끊임없이 에너지를 쏠 경우 127이라는 심장 박동이 평균 심장 박동으로 기록되기도 하는데 커피를 즐기는 마야미 씨의 혈압이 198이라고 가정한다면 에스프레소 샷을 연달아 마시는 순간 그녀의 상태는 생사를 넘나드는 상황에 쉽게 처하게 될 수도 있겠지만 평소의 그녀의 말투와 체온을 계산해서 심장 박동 127은 긴장 상태에 있다는 뜻이 되고 혈압 198은 과도한 자극이 가해지고 있다는 말이 될 수도 있는데 ....

"나에 대해선 걱정 마! 전화 연결이 안 될 때를 대비해 나의 주소를 적은 거야. 나의 거처가 자주 바뀌지만 이 주소로 찾아오면 항상 나를 찾을 수 있을 거야. 명탐정 스타게이저라면 언제든지 나를 발견할 수 있을 거라고 기대해 보지. 자, 그럼 첼로 연주는 다음에 나를 찾는다면 기꺼이!"

난해한 퍼즐을 남기고 사라지는 마야미 씨는 공기 속으로 사라지는 대신 이곳에서는 그냥 걸어서 사무실을 나가셨는데 그런 사람적인 모습을 보니 마야미 씨가 바라보는 삶의 목표라든지 첼로는 어떻게 연습했을지, 생일은 언제일지 이런 것들이 궁금해지기 시작했다. 앞으로 또 만날 기회가 있을 거라고 생각하고 있고 그녀와의 만남은 천 년을 같이하고 만 년을 같이해도 항상 새롭고 재밌을 것 같다.

엘사와 고양이

　밀린 일을 끝내고 오랜만에 책방에 들르게 되었다. 이곳은 나의 첫 번째 의뢰인 규리 씨를 10년 만에 만난 곳으로 책의 냄새가 맡고 싶을 때 자주 방문하는 장소이다. 동물 관련 서적은 내가 지나칠 수 없는 곳으로 그곳에 앉아서 책을 읽기 시작하면 다른 일들을 까먹기 때문에 서점 직원이 와서 인사해 줄 때가 책방 마감 시간이라는 것을 알게 된다. 마감하는 시간에 같이 퇴근하다 보면 같은 직장 동료처럼 생각되기도 하기 때문에 서점 직원들은 맛있는 것이 있으면 나에게 갖다 주기도 하고 내가 혹시 목마를까 봐 두 시간 간격으로 얼음물도 제공해 준다.

아무래도 나를 길고양이로 생각하는 것일까?

몇 주 동안 내가 보이지 않으면 궁금해하다가 서점 안의 같은 장소에 느닷없이 앉아 있는 나를 발견하게 되면 폭풍 환영을 하기도 한다. 어떤 직원은 내가 신고 다니던 똑같은 신발을 신은 사람을 보고는 울컥해서 눈물을 쏟았다고도 한다.

서점에서 읽은 책들은 전부 구입해서 나중에 더 읽기도 하고 그 책이 필요한 사람들에게 선물로 주기도 해서 책을 받은 사람들이 자신의 취향이 꿰뚫어져 버렸다고 당황하게 되는 일도 발생하는데 책으로 사람을 본다는 북토시(Book Toshi)라는 별명으로 불러 주시는 분도 있었다. 사토시는 꿰뚫어 본다는 의미가 있고 비트코인을 만든 사람으로도 알려져 있다.

오늘 눈에 띄는 책들은 고양이 관련 서적. 이 책들을 보는 순간 내가 잊고 있었던 이세계에서의 생활이 주마등처럼 지나가는데 내가 가장 잊고 있었던 한 명은 치즈루이다. 원래 치즈루는 현실 세계에서 규리 씨와 스파이 슈의 고양이이고 가끔 보곤 하는데 이세계에서 내가 이름을 지어 주었던 치즈루와는 조금 달랐다. 사람의 형상이 되었던 그 치즈루는 잘 지내고 있을까?

물론 이세계에서의 시련은 힘들었다. 좋았던 순간도 있었지만 그곳에서 돌아오는 과정에서 많은 것을 희생해야 했기에 지금 당장은 돌아가지 않겠지만 이곳의 일이 어느 정도 정리가 되었다고 생각이 들 때 그곳에 가 봐야 한다는 계획이 있다. 오랜만에 치즈루도 볼 겸 해서 규리 씨와 스파이 슈의 아침 카페에도 들러 보려 하는데 오후의 한가한 시간에 방문하면 큰 폐를 끼치진 않을 것이다.

　날씨가 꽤 추워져서 가게 안에 사람이 한 명도 없었다. 치즈루가 나의 기척을 알아채고 먼저 뛰어나와서 반겨 주었는데 규리 씨와 스파이 슈는 아직 보이질 않고 테이블 청소를 하고 있던 직원이 다가와 자신이 누구인지 소개를 한다.

　"저 미이래예요. 마요네즈 좋아한다고 마요마요 삐요삐요라고 놀렸던 미이래예요. 헬멧 쓰고 오토바이를 타고 다니고 아침에는 아르바이트를 하던 미이래예요."

　현실로 돌아오고 나서 정상적인 생활을 하고 있다고 생각했던 나였는데 아무래도 정상적이지 않은 부분이 있는 것 같다. 내가 기억을 못 한다고 한다. 마요마요 삐요삐요라는 이름은 내가 지었을 법하다. 사실 나는 사람 이름으로 장난치는 것을 꽤 즐겼던 적이 있었다. 이때 사무실에서 일을 마친 엘사가 다가와서 미이래와 나에게 이야기해 줄 것이 있다고 하였고 아침 카페의 테이블에 모두 앉게 되었다.

　"미이래 씨 그리고 탐정님. 제가 두 분께 설명해 드릴 게 있어요. 탐정님은 색약이십니다. 기본적인 색깔을 구분할 수는 있지만 특정한 색깔이 섞여 있을 때 보통 사람과는 다르게 보이게 되는데요. 신비하게도 탐정님의 눈 옆에 강한 불빛을 갖다 놓으면 모든 색깔을 문제없이 구분할 수 있게 됩니다. 이것은 탐정님만이 아닌 다른 색약이신 분들에게도 해당되는 일반적인 현상인데요. 이 말은 사람의 기본적인 감각이 특정한 밝기나 강도에 의해 완전히 다르게도 보일 수 있다는 말이 되고 탐정님께서 미이래 씨를 제대로 구분하지 못하시는 것과도 연관이 있을 거라는 결론에 도달하였습니다. 미이래 씨에게는 비밀로 했지만 탐정님은 다른 이세계라는 곳에 있다가 현실로 오셨고 그 과정에서 특정한 부분에 대해 받아들이는 감각이 바뀐 것 같다고 생각합니다. 그래서 저는 집에 있는 시간에 나름 연구를 해 보았습니다. 어떤 상황에서 어떠한 조건이 갖추어져 있을 때 그런 일이 발생할 수 있을까 하는 연구를 위해 이번 일주일은 탐정님과 미이래 씨를 따라다니며 미행도 하고 숨어서 보기도 했습니다."

엘사의 이야기는 꽤 흥미로웠다. 색약에 대한 전문적인 지식이 있는 것도 놀라웠지만 지금 엘사의 이야기가 맞는다면 끈기 있는 그녀의 관찰력과 집중력에 놀라울 뿐이다. 어느 정도 자신 있었던 나의 탐지를 벗어나서 내가 감지하지 못한 연구를 진행하고 있었다니. 그녀의 심리 기술은 대단하다. 내가 모르는 새로운 기술을 적용해 본 것이었을까.

　"그래서 오늘 실험을 해 보고 싶었습니다. 탐정님이 미이래 씨를 구분하지 못하는 것인지 아니면 다르게 인식하고 있는 것인지. 그럼 실험을 해 보겠습니다. 미이래 씨는 의자에서 일어나서 탐정님을 불러 주세요."
　"저기, 저 미이래예요, 스타게이저 탐정님."
　"그럼 지금 이 상황을 탐정님은 어떻게 생각하시나요?"

　이세계에서 현실 세계로 돌아온 후 적응이 안 되던 부분들은 시차에 적응하듯이 시간이 해결해 주었었다. 그래도 왠지 모르게 완벽하고 정상적인 생활에서 조금은 빗겨 나가 있다고 짐작은 하고 있었다. 사람이 큰 수술을 하게 되면 10년을 늙는다는 이야기가 있다. 죽었다가 깨어났다는 사람들을 보면 신체의 감각 중 깨어나지 않고 잠자는 부분이 있어서 고생하시는 분도 최근에 만난 적이 있었다. 엘사의 질문에 대답하기가 어려웠던 것은 이세계의 기억이 점점 희미해져 가고 있던 시기였기 때문에 기억의 혼돈과 함께 표현의 형상화도 제대로 작동을 해 주지 못하고 있는 상태의 도중에 있는 상황이기 때문이라는 생각이 든다. 그래서 엘사의 질문에 간결한 표현을 사용하였다. 형상화가 온전히 되지 않았기 때문이다.

"음, 세상에는 약간 흐릿하고 뿌옇게 보이는 부분도 있군."

"역시 예상대로입니다. 미이래 씨의 움직임이 뿌옇게 보이는 현상은 이세계에서 치즈루가 보여 주었던 한 가지 현상이 원인이라고 생각합니다. 탐정님이 계셨던 곳의 모든 자료는 갖고 있지는 않아서 확실하게 말씀을 드릴 수는 없지만 그때 등장하신 여성분은 미이래 씨와 비슷한 DNA를 소유하고 계시는 미이래 씨의 언니였다고 생각합니다. 여기서 중요한 부분이 있습니다. 주파수 판독 결과 미이래 씨의 언니는 이세계 사람이 아니었습니다. 그래서 이세계의 공간을 뚫고 등장하신 그 순간에 탐정님에게는 지금처럼 뿌옇게도 보이는 현상이 있었을 것입니다."

역시 엘사이다. 대단한 추리이다. 한정된 연구 결과에서 가능한 접점들을 찾아낸 열정과 끈기뿐만 아니라 그녀의 추리하는 능력도 같이 성장해 주었다.

"저는 지난 몇 주간 미이래 씨와 탐정님을 주시하면서 어느 정도 확실한 현상들을 기록했습니다. 미이래 씨가 탐정님의 2m 반경 안에 가까이 있을 경우 그리고 그녀의 평소 심장 박동이 127 상태에 있을 경우가 바로 탐정님의 인지 능력이 달라지는 때였습니다."

"엘사! 갑자기 흐름을 바꾸는 말을 해야 할 것 같은데 127이라는 숫자가 나에게는 특별한 숫자이기도 해. 127이라는 정보와 미이래 씨의 현상에서 짐작하는 부분이 있는데 그 말은 혹시 미이래 씨가 이세계로 가는 열쇠를 제공해 줄 수도 있다는 가능성도 있을 것 같은데 엘사의 의견을 듣고 싶어."

"가능한 이야기입니다. 애초에 그 뿌연 현상은 이세계에 발을 들여놓는 미이래 언니의 등장이었고 그 뿌연 현상이 이곳에서 탐정님에게 보인다는 것은 탐정님은 이세계로 갈 수 있는 미세한 차이를 인지할 수도 있게 된다는 가능성이 있습니다.

믿기 힘든 이야기를 해 드리겠습니다. 탐정님이 혼수상태에 계시는 동안 탐정님의 맥박과 혈압의 수치를 1분 간격으로 모니터했던 적이 있었습니다. 흥미로운 사실은 심장 박동 127 혈압 198에서 탐정님이 세계와 이세계를 잠시 넘나드는 것을 목격했었습니다. 마치 종이 한 장 차이로 보였던 그 현상은 산소량 97에서 더 높은 확률을 보여 주었습니다."

"미이래 씨."
"네, 탐정님."
"도와주세요. 저는 이세계에서 확인해야 할 것이 하나 있습니다. 그리고 어떤 이유에선지 저는 미이래 씨를 인지하는 능력에 고장이 난 것 같지만 이세계에 가서 그것도 고쳐서 돌아오도록 해 보겠습니다."
"물론 도와드리죠. 그런데 제가 어떻게 해야 하나요?"
"엘사가 저를 도와주는 동안 2m 반경 안에 계셔 주시면 저의 길을 밝히는 역할을 해 주실 것입니다."
"네. 알겠습니다, 탐정님. 그런데 존댓말 안 쓰셔도 돼요. 2m 안에서 절대로 나가지 않고 지켜보겠습니다."

혈압 198. 나의 신체 시스템에서 가장 극한 상태의 수치. 이 수치를 마야미 씨는 자신을 찾는 주소라고 하였다. 내가 종이 한 장이라는 그 차이를 찾는 동안 엘사가 나의 상태를 모니터해 주었고 미이래 씨의 도움으로 이세계에서 끝내지 못했던 일을 마무리하기 위한 여행을 떠나게 되었다.

"다녀오세요."

안녕히 가세요, 탐정님. 보내 드릴 시간이다. 다시 돌아오셔서 기뻤었다. 하지만 이제 보내 드리는 것이 탐정님을 위한 일이라는 것을 나는 알고 있다. 이 현실 세계 말고도 탐정님을 애타게 기다리는 사람이 있고 그 사람은 탐정님의 어린 시절부터 운명으로 이어진, 내가 들어갈 틈이라고는 없는 불멸의 연결이라는 것을 알 것 같았다. 탐정님의 정신이 이세계를 떠돌던 때에 그곳의 상황을 모니터하면서 대략적인 이미지와 지형 등을 잡아내고 산가브리엘로 가는 길의 포인트 지점과 타이밍을 간파하고 그곳에 나의 이미지를 심어서 대화를 시도하는 때는 치밀한 연구가 뒷받침되어 있었다. 나의 주파수와 심장 박동 그리고 뇌로 보내지는 산소량의 조절로 마침내 이세계로의 나 엘사의 등장이 성공을 하였고 탐정님의 관심을 최대한 끌기 위해서 메이드복을 연출했는데 탐정님은 비밀로 하고 계시지만 난 오래전부터 탐정님의 취향을 간파하고 있었던 것이었다. 그렇

게 해서 과학 장비의 뒷받침과 그 성공적인 연결로 인해서 탐
정님을 현실 세계로 데려올 중요한 역할을 제대로 해 주었는데
물론 다른 분들의 도움 없이는 불가능한 시나리오였다고 알게
되었다. 이 과정에서 나는 고양이 치즈루가 짧은 시간 동안 변
신했던 과정을 목격해 버리고 말았다. 나의 짐작으로 그 여성
은 미이래의 언니가 확실해 보인다. 어릴 적 기찻길에서 운명
하신 그분은 탐정님의 기억 속에서 강렬하게 자리 잡고 있었고
탐정님이 만나셔야 할 분은 미이래의 언니인 것이 분명하다는
사실을 인정하게 되었다.

　탐정님을 내가 존경하는 이유는 평범함이다. 같이 해결해 나
가는 사건들도 흥미진진했지만 의뢰인들을 대하는 탐정님의
자세와 그 과정들을 바라볼 때면 그들의 아픔을 자신의 아픔으
로 대하고 있는 것이 당연하다는 표정으로 자연스럽게 평범하
게 계시는 탐정님은 내가 존경하는 사람이고 좋은 심리학자이
자 미래를 예측하는 스타게이저의 사무소에서 일하는 것은 어
떤 시련이 닥쳐와도 나의 평생 직업으로 생각해 왔다. 만약 이
번 여행으로 탐정님이 돌아오시지 않는다면 난 언제나 마찬가
지로 울어 버릴 것이다. 돌아와, 스타게이저.

늪을 건너 사자와의 만남

　시작점에 다시 돌아와 있다. 혹시나 하고 바랐지만 첼로 소리는 들리지 않는다. 내가 이곳에 온 이유는 울쿠가 무사한지 확인하기 위해서이다. 나의 직감은 북쪽이다. 우쿠리나의 등에 올라타 비행하던 도중 그 지형만 눈으로 확인을 했고 그곳으로 가 본 적은 없다.

　패서디나의 북쪽 가장 끝에서는 N으로 시작하는 곳이 유명하다. 만약 현실 세계에서 북쪽에 있는 N의 조사를 시작한다고 가정한다면 나의 사무소는 문은 닫아야 하고 나는 모든 동료와

가족과의 인연을 끊어야 한다. 그것이 유일하게 그들을 지켜 줄 수 있는 방법이 된다. 그토록 N 지역은 서쪽 지역과는 비교도 안 될 정도로 위험하고 강력한 힘이 존재하는 곳이다. 그래서 만약에 N 지역에 울쿠가 존재한다면 나는 최대한 그들을 건드리지 않고 울쿠만 구해 내야 할 것이다. 나에겐 아직 그들을 상대할 힘과 기술이 존재하지 않을 것이다. 내가 지금 잊지 말아야 할 것은 앞으로 일어날 일에 대비해 다시 현실 세계로 돌아갈 희망은 배제를 하고 계획을 세워야 할 것이기 때문에 이번 여행은 혼자여야 했다. 여느 때와 다른 비장한 마음으로 무장한 여행이기에 치즈루가 나타나기 전에 일찍 출발하였고 시작점으로 돌아오게 된다면 치즈루는 찾아볼 계획이다.

눈앞에 등장한 것은 끝이 보이지 않게 깔려 있는 늪지대. 기분이 안 좋아지고 냄새도 좋지 않아서 돌아가는 방법을 시도하고 싶지만 돌아가는 길이 없다는 것은 지형을 보고 확인한 적이 있다. 늪지대 위로 한 발 한 발 전진하고 있는 지금 중심을 잡기가 난해하다. 이 상태로 한참을 가야 한다고 생각하니 고통이 아닐 수 없다. 중심 잡기와 늪에 빠질 위험성은 나에게 커다란 문제가 아니었고 가장 큰 문제와 고통은 내가 밟고 지나가고 있는 것은 그냥 보통 늪이 아닌 사람이 떠나가고 빈집만

남은 물체들이기 때문이다. 사람인 나로서 그것을 밟는 느낌은
견디기 힘든 고통으로 다가온다. 도대체 얼마나 많은 사람이
희생된 것인가!

 두 시간 정도 걸었을 때 다행히 딱딱한 평지가 나와 주었고
조금이나마 안심하게 되었는데 그곳에서 반가운 사자가 나를
기다리고 있었다. 템플시티에서 나를 도와주었던 은혜를 입은
사자이다. 반갑다고 인사도 전하기 전에 자신의 등에 타 보라
는 신호를 보내온다. 힘이 많이 빠지고 정신적으로 충격에 휩
싸였을 나를 미리 헤아려 주고 이곳에서 기다려 주었구나! 사
양하지 않고 사자의 등에 올라타자 달린다는 신호와 함께 험한
북쪽 지역을 신나게 달리기 시작한다. 강력한 리듬으로 험한
지형을 밟고 지나가는 사자의 압도감은 진동으로 퍼지며 주위
의 돌과 나무들에 전해져서 땅을 밟는 사자의 길을 열어 준다.
그런 존재감을 드러내며 웅장하게 달려 주어서 나의 걱정과 두
려움들을 같이 날려 주고 맑은 정신으로 상황을 인지하도록 해
주었다.

 거침없는 속도로 당당하게 도착해 버린 그곳에는 작은 산들
과 언덕들 속에 가려진 건물이 있었고 사자의 등에서 내린 나

는 고맙다는 인사로 사자를 꼭 안아 주었다. 꼭 안아 주고 있었는데 곧 나의 손에 잡히는 느낌이 달라졌다는 걸 알게 되었다. 거친 사자의 털과 이빨이 아닌 부드러운 여자를 안고 있게 되었는데 폭신한 부분을 내가 너무 세게 안아서 숨을 쉬기 힘들다는 듯 작은 콜록 기침을 하고 있는 마야미 씨가 있었다. 그녀는 아침마다 내가 바라보던 첼로 연주자 마야미 씨였다. 나의 동경하는 첼리스트! 그녀의 팬으로서 그녀를 안고 있다는 것은 영광이었다!

"너무 센데 이제 좀 놔주면 어때."

"앗, 감사합니다! 아니, 죄송합니다. 이런 곳에서 어떻게? 사자는 어떻게...."

"나는 세계와 이세계를 다니는 것 이외에도 취미로 하는 것이 있는데 사람들이 변신의 천사 아니면 변신의 여왕이라고 부르는 것을 들어 봤다면 그것이 바로 나 마야미 천 년 대여왕이라고도 하지!"

"들어 본 적 없습니다. 조금은 들어 봤을지도 모르겠지만 그런데 그보다 변신이라고 한다면 역시 마야미 씨가 울쿠 씨가 아닌가 하는 생각이 들게 되었습니다. 그렇다면 내가 어렸을 때부터 나를 항상 지켜봐 주셨던 분도 마야미 씨라는 말이 되는데...."

"내 나이 말이지. 나이라는 건 의미가 크지 않다는 것도 말해 주고 싶지만...."

"아닙니다. 나이보다도 무엇보다 지금 깨닫게 되는 것은 이제야 모든 궁금증이 풀리게 됩니다. 나를 공격도 하셨지만 이 세계에서 내가 적응하지 못할까 봐 헤아려도 주시고 첼로 연주도 해 주시고 템플시티에서 처음으로 새로운 세상의 이치도 설명해 주셨고 그 마야미 씨가 나를 위해 바이러스를 삼켜 버렸고 백신이 필요했기에 그 도구로서 나의 아이템 돌 방패를 미리 준비해 사이비 건물에서 무사히 탈출하신 후 돌 방패로 바이러스를 잠재우고 코피루왁처럼 숙성하셔서 저에게 자신이 무사하다는 사실을 알리기 위해 바로 방문해 주셨던 거였군요. 코피루왁이라는 말로 조금은 직감을 하기도 했지만 정말 대단한 변신의 여왕이십니다. 마야미 씨가 항상 선물을 주시는 분으로 예전부터 쭉 지켜봐 주시던 분이었다니...."

"스타게이저의 추리를 이곳에서 직접 경험하게 될 줄이야. 대단한 영광이군."

표정이 차분하게 바뀐 그녀는 나를 잔디밭 위에 앉혀 놓고는 나의 어릴 적 본명을 부르며 차분히 이야기해 주었다.

"누, 네가 아직 모르는 부분도 있지만 내가 울쿠라는 사실은 인정하지. 좀 전에 말해 준 추리처럼 내가 삼킨 바이러스는 돌 방패와 숙성해서 겨우겨우 물리칠 수가 있었어. 힘든 상대였지만 나는 전쟁에는 자신이 있어서 승률이 낮은 싸움에서 겨우 살아나서 가장 먼저 보고 싶었던 사람에게 달려갔다고나 해야 할까. 탈출구를 마련해 준 것에 대한 보답도 하고 싶었고 나는 현실에서 내가 누구인지 말할 수 없는 존재라서 그 대신 다시 만날 수 있는 주소를 알려 주었어. 이곳에 부른 이유는 그동안 열심히 했으니 여기서부터는 나에게 맡기라는 말을 꼭 전해 주고 싶어서야. 웅장한 나의 달리기를 경험했듯이 나는 회복했고 이제 큰 상대는 나에게 맡기고 기다리는 것이 현명한 일. 그러니 이곳에 가까이 올 생각은 절대로 하지 마! 오늘 여기까지 방문한 선물로 한 가지 나의 비밀을 알려 주면 누의 평소 심장 박동의 파장은 나의 파장과 좋은 조화를 이루어. 그 파장이 있는 곳을 찾아서 나는 항상 같은 주소에서 너를 보고 있겠지만 혹시 나에게 매달려서 자신의 본분을 잊어서도 안 돼. 지금 왔던 길을 돌아가 시작점으로 뛰어가면 친구들이 기다리는 곳으로 돌아갈 수가 있어. 내가 도와줄 테니까 실패할 확률은 없을 거야."

　많은 궁금증이 풀렸고 마야미 씨에 대한 귀중한 정보들도 듣게 되었다. 큰 것은 자신에게 맡기라는 말은 고마웠지만 현실 세계에서의 마야미 씨는 사무실 문으로 걸어 나가셨던 사람과도 비슷한 그녀이다. 그녀가 나는 걱정이 된다. 웅장한 사자의 행진을 보여 준 것은 혹시 자신이 모든 걸 떠안기 위해서 무리한 것은 아니었을까. 궁금증과 함께 떠나는 아쉬움도 몰려들어 오지만 지금은 우선 돌아가야 한다. 이 아쉬움에서 최적의 질문은 무엇이 있을까?

"마야미 씨가 어떤 모습으로 있건 제가 알아볼 수 있는 방법은 없는 걸까요?"

나의 이 말에 미소만을 남기고 그녀는 공기 속으로 사라져 버렸다. 미소를 지을 때의 움직임과 각도는 그녀만의 미소였을 것이다.

암에 걸리는 사람들

　다시 밀려 버린 일들을 정리하느라 엘사와 나는 바쁜 한 주를 보내고 있다. 오늘은 다급하게 전화해 주신 의뢰인이 있어서 특별히 새벽 5시 반에 약속을 하게 되었다. 5시는 뇌의 활동이 활발해서 예리하고 정확한 판단이 쉬워져 가끔은 새벽에 일어나 밀린 일을 처리하는 경우도 있는데 물론 일찍 일어나는 것은 잠을 더 자지 않겠다는 과감한 결단이 필요한 일이다. 그래서 어젯밤 잠이 들기 전에 콜드브루 커피를 머리맡에 두었다. 아침에 눈을 뜨자마자 콜드브루 커피를 한 모금 마셔 주면 잠을 더 자고 싶어도 더 잘 수 없도록 도와주게 된다.

새벽에 방문해 주신 의뢰인은 대장 절단 수술을 받은 40대의 여성으로 얼마나 힘들었으면 뼈만 남았을 정도로 말라 있다. 안타까운 일이다. 그 여성은 재발에 대한 두려움이 강했고 자신이 암에 걸린 이유를 아무도 말해 주지 않기 때문에 여러 군데 수소문을 하다가 여기로 오시게 되었다고 한다. 그녀는 정말로 자신이 암에 걸린 이유가 궁금해서 많은 조사를 했다고 하셨고 많은 자료를 비교하고 분석하셨기에 많은 질문 또한 갖고 오셨다. 어디부터 말씀을 드려야 할까. 진실을 말해 주는 것은 절대로 쉬운 일이 아니다. 하지만 절실하게 진실을 찾고 싶어 하는 그녀에게 진실을 말해 주어야 한다.

　　세상에는 진실을 찾는 사람들을 음모론자로 몰아서 사회에서 배제하고 무시하며 소외시키는 경향이 너무나 강하게 자리 잡고 있지만 그 부분이 충분히 이해가 가는 이유는 세상에 널린 음모론 중에서 정작 진실을 말해 주는 정보는 거의 없기 때문이다. 어느 정도 진실을 말해 주는 척하다가 정작 중요한 부분에서 거짓말을 섞은 정보들이 많이 뿌려져 있는데 그래서 우리는 진짜 정보를 접하게 되어도 음모론으로 몰거나 아예 진실에 접근하는 것을 두려워하게 되기도 한다. 그래서 나는 조심스럽게 이야기를 꺼냈다.

"세상에는 이해가 가지 않는 미묘한 일들이 있습니다. 마약을 하면 피부가 폭삭 삭는다는 논문이 나와야 정상이지만 이런 논문을 접해 본 사람은 아마도 거의 없을 것입니다. 하지만 그것은 주위를 둘러보면 쉽게 알 수 있는 사실이 됩니다. 하지만 우리가 접하게 되는 논문이나 세상의 움직임은 마약의 사용 목적을 일반화하는 것과 미묘하게 마약을 장려하는 방법을 사용하고 있는 부분이 점점 강하게 유행처럼 몰려오고 있습니다."

"그 부분은 저도 조사해서 알고 있습니다. 그런 것보다 암에 대해서 자세히 이야기를 듣고 싶습니다."

"알겠습니다. 마약 관련 논문들과 마찬가지로 암에 관련된 논문들 역시 우리를 위한 방향으로 발전되지 않았을 수도 있습니다. 암이 생기는 원인에 관한 이야기입니다. 암의 발병이 극도로 비정상적인 수치를 보이고 있는데도 암이 생기는 원인에 대한 논문들을 접하기가 까다롭습니다. 암에 걸려서 그 원인에 대해 소송을 한 경우를 보면 수십 년을 끄는 경우도 있는데요. 우리가 그들을 이기기 힘들다는 것과 그들이 제대로 인정하지 않는다는 것은 증명이 된 사실이고 현재 벌어지고 있는 사건들입니다. 하지만 눈에 보이는 세상은 이런 사실들 또한 제대로 보도하고 있지 않다는 말도 될 수 있습니다. 이 말은 또한 우리가 암이 생기는 원인에 대해서 접하는 공식적인 자료들은 신뢰도가 많이 떨어진다는 말이 될 수도 있게 됩니다."

"그 원리에 믿음이 아주 많이 갑니다. 아니, 듣고 보니 당연한 원리이고 당연한 사실이네요. 하지만 저도 그랬고 주위 사람들은 그런 식으로 당연하게 생각하지 않고 있는 것 같습니다."

"감사합니다. 진실을 찾는 것은 저의 직업이니 최선을 다해 설명해 보겠습니다. 암이라는 것은 생명에 위협을 받는 극도로 절실한 사건이지만 이상하게도 많은 사람이 암에 걸리는 것에 대해서 관대합니다. 하지만 관대해서는 안 되는 이유는 우선 수치가 증명을 해 줍니다. 전 세계 사람이 암에 걸릴 확률이 39.5% 정도라고 하는데요. 있어서는 안 되는 숫자입니다. 이 정도로 집계된 숫자라면 암의 가능성을 갖고 있는 사람들은 더 많을 수도 있다는 말이 되고 암으로 발전되고 있는 사람들과 가능성이 있는 사람들 그리고 암이 아닌 다른 형태로 벌써 몸이 망가져 있는 사람들 전부를 합치면 그 수치는 전 세계 사람 전부라고 해도 과언이 아닐 것입니다. 그렇게 치명적이고 사람의 인생을 망치고 가정을 무너뜨리는 암을 막기 위해 세상은 비상사태가 되어야 하는 것이 정상적인 것이라고 저는 생각합니다. 암이라는 것은 일반적으로 특정한 부위에 인위적인 자극이 지속적으로 가해질 때 걸리는 경우가 대부분인데요. 그 인위적인 자극은 화학 약품이 될 수도 있고 환경 호르몬을 포함한 이물질이 될 수도 있고 자기장이 될 수도 있습니다."

"자기장이라면 무엇을 말씀하시는지...."

"강한 전류가 흐르는 곳에는 사람들이 살지 않습니다. 백혈병에 걸리기 때문입니다. 아주 일반적인 사실이지만...."

"우리가 접하기 쉽지 않은 정보가 되는 거군요!"

"맞습니다. 요즘 유행하고 앞으로도 유행할 것 같은 전기 차도 큰 문제입니다. 전기 자동차에 있는 전지는 그 사이즈가 너무 거대합니다. 거대하고 사람 바로 아래에 가까이 있습니다. 운전하는 내내 있습니다. 그리고 매일 운전하시는 분들은 그 해롭고 거대한 자기장을 매일매일 가깝게 접하게 되는 것입니다. 암이 발생하는 이유에 대해서 좀 전에 설명을 해 드렸습니다. 암에 걸리는 수치에 대해서도 다시 떠올려 주시기 바랍니다. 그 정도 수치이면 전 세계 사람이 암을 갖고 있고 검사 결과에서 아직 안 보인다고 해도 과언이 아닐 것입니다. 암에 걸릴 높은 가능성을 갖고 있는 전 세계 사람이 전기 차를 타고 다니는 것이 위험하지 않다고 하는 것이 이상할 일일 것입니다."

"치명적이겠군요. 그렇다면 강한 자기장이 해로운 이유를 과학적으로 설명해 주시는 것도 가능하시나요?"

"우리의 몸은 자기장의 힘으로 움직인다고도 할 수 있습니다. 신경과 신경 간의 시냅스에 존재하는 플러스, 마이너스의 힘으로 미토콘드리아가 만들어 내는 물질이 이동을 하면서 팔도 움직이고 달리기도 하고 밥도 먹고 하게 되는데요. 자기장이 기본인 정상적인 우리의 몸에 인위적인 자기장이 강하게 지속적으로 가해진다면 우리의 몸이 무너질 것은 당연한 이치일 것이고, 물론 찾아보시면 과학적으로 제대로 증명된 자료들을 발견하실 수 있을 것입니다. 다만 역시 우리가 접하기 힘든 자료들이거나 접해도 그냥 지나가게 되는 지식으로 인식을 하고 있을 것입니다. 디지털화로 가는 세상의 시작점을 알린 2020년 세상의 문이 닫히기 시작하면서 전기 차 주식으로 많은 분이 돈을 벌게 되었고 전기 차 세상의 시작을 알려 주었고 전기 차가 미래라고 열광하는 분위기도 있지만 뭔가가 잘못되어 있습니다. 중요한 것이 빠져 있습니다. 이 디지털화로 가는 문명에는 사람이 빠져 있는 듯합니다."

"과학적인 설명 감사드립니다. 저도 그 부분을 조사해서 눈으로 확인해 보겠습니다. 여기 오기 전에도 많은 조사를 해 보았고 수술 후에도 물론 여러 가지 조사를 해 봤는데요. 짠 음식을 먹는 생활 습관이나 유전을 이야기하며 우리가 잘못해서 암에 걸린 것이라는 방향으로 몰고 가는 글도 있어서 저는 그렇게 은근히 믿고 있었습니다. 저는 대장암으로 생사를 오갔던 사람이고 재발이라는 것도 남아 있습니다. 사람의 목숨을 결정 지을 정보들이기에 그래서 더욱 공정한 정보들을 알아야 한다고 생각합니다. 그것이 여기에 온 이유이기도 합니다. 대장암을 유발할 수 있는 확률이 높은 다른 정보가 있다면 말씀해 주셨으면 합니다."

"제가 모르는 자극들과 물질들이 많이 있기 때문에 제가 경험했던 장에 안 좋았던 경우를 한 가지 설명해 드리겠습니다. 미국 캘리포니아에 싸고 맛있는 햄버거를 파는 곳이 있습니다. 그곳은 항생제를 사용한 고기를 쓰는 곳으로 유명하고 건강 단체들의 요구가 계속 있음에도 지금도 항생제를 사용한 고기를 고집하고 있습니다. 그러면서 우리는 고기를 얼리지 않는다고 크게 선전도 합니다. 저는 오래전 그 햄버거의 저렴한 가격과 맛에 매료되어 자주 먹었던 적이 있었습니다. 그렇게 몇 달이 흐르자 대장이 불편해지고 변은 제대로 나오지 않고 색깔이 어둡게도 되고 사는 것이 고통일 정도로 불편한 생활을 하게 되었습니다."

"항생제를 사용하면 왜 나쁜 건가요? 저도 조사해 본 적은 있던 것으로 기억이 나지만 별로 해로운 점은 크게 발견하지 못했습니다.”

"항생제에서 살아남은 바이러스가 있습니다. 그 바이러스는 벌레 같기도 해서 슈퍼 버그(Super Bug)라고도 부릅니다. 그 슈퍼 버그는 항생제에서 살아남기를 반복하면서 점점 더 강해지게 됩니다. 그렇게 강해진 벌레들은 불로 요리를 하고 물로 삶아도 죽지 않고 살아남게 되는 경우가 발생하는데요. 그렇게 되면 불에도 죽지 않는 강한 벌레가 우리의 몸 안에 들어와서 장으로 들어가게 되기도 합니다. 슈퍼 버그 중에서 아주 강한 치명적인 놈들이 들어오면 MRSA라 부르구요. MRSA 환자가 병원에 입원하면 비상입니다. 그 환자의 방에 들어가기 위해서는 장갑 두 겹에 가운에 마스크도 착용해야 합니다. 항생제 사용 고기의 위험성에 비해서 위험성을 알리는 자료들 역시 비정상적이라고 할 정도로 알려져 있지 않다고 생각합니다. 적어도 제가 해 드릴 수 있는 말은 반복적이고 비정상적인 자극은....”

"암을 유발할 수 있다! 정말 감사드립니다. 역시 이곳에 방문한 보람이 있습니다. 사실 이곳에 오기 전에 개인적으로 조사를 해서 환경 호르몬과 통조림의 물질들에 대해서는 알게 되었습니다. 전기 차와 항생제에 대해서는 예상 밖이어서 좋은 정보를 얻게 되었습니다. 한 가지 궁금한 것은 그런 조사를 어떻게 하시는지 여쭤보고 싶습니다. 실례가 되지 않는다면 알고 싶습니다. 그 정보는 저와 저의 가족들이 앞으로 여러 가지 정보를 직면했을 때 제대로 구분하는 것을 도와줄 좋은 지표가 될 수도 있을 것입니다.”

“새벽에 방문해 주신 보답으로 최선을 다해서 설명해 보겠습니다. 우선 나열하는 것과 혼란을 간파하는 것에 대해 간단히 설명해 드리려 합니다. 나열하는 방법으로는 우선 진실이라고 생각되는 것을 나열해 보고 거기서 뭔가 보이지 않는다면 자신이 거짓말이라고 생각되는 것들을 나열해 봅니다. 그렇게 되면 사실의 충돌이 발생하게 되고 더 조사해야 하는 부분이 어떤 부분인지 좋은 지표를 주기도 합니다. 다음은 혼란을 주기 위해 자주 사용되는 기법으로 여러 개의 이름을 만드는 것입니다. 이름이 여러 개가 되면 사람들은 진실 하나를 놓고 제각각 다른 것을 지목해 이야기하게 되고 서로 대화가 단절이 되거나 심해지면 서로 싸우고 전쟁을 일으키기도 합니다. 진실에서 점점 더 멀어져만 갑니다.

다음은 심리학자 엘사에게서 배운 상황을 구조화하는 효과적인 방법입니다.

 펜으로 적는 것입니다. 펜으로 적는 방법은 마법과 같은 깜짝 놀랄 결과를 보여 주기도 하는데요. 우리가 펜으로 특정한 사실을 적게 되면 생각으로만 뇌에 존재하던 사실이 인체의 밖으로 형상화되어 나오게 되고 그 결과물인 종이에 적힌 그림이나 글자들을 눈으로 다시 재확인해 주는 효과도 됩니다. 눈으로 확인한다는 것은 생각만이 아닌 또 다른 감각을 이용해 눈에 보이는 형상화된 것을 다른 형태로 뇌에 인식을 해 주는 것도 되기에 펜으로 쓰는 이 전체적은 과정은 전체적인 사실들을 구조화하는 데 도움을 주기도 합니다. 예를 든다면 억울한 일을 당했는데 어떤 부분이 억울하고 상대방이 어떤 부분을 잘못했는지 구조화할 수 없다면 자신을 구해 내는 방법으로 적어 보는 것입니다. 내가 당한 부분이 어떤 부분이고 어떤 이유로 보호를 받아야 하고 어떻게 공격을 받았고 그렇게 하면 안 되는 것이라는 것에 대한 상황들이 구조화가 되어 자신을 부당한 일로부터 구해 줄 수도 있게 됩니다. 컴퓨터로 타이핑하는 것도 물론 생각을 형상화하는 좋은 방법일 테지만 그래도 종이에 펜으로 직접 쓰는 것이 해부학적으로도 심리학적으로도 과학적으로도 더 효과적일 수도 있을 것입니다."

깊은 바다와 무서운 우주의 어두움

마야미 씨가 놀러 왔다.

"너무 자주 오시는 거 아니신가요?"

1년에 한 번이 될지 10년에 한 번이 될지 모르는 그녀와의 만남이지만 항상 자연스럽게 대화는 진행된다. 마치 천 년 후에도 친구로서 만날 수 있다는 것을 알고 있다는 믿음인 것일까. 오늘도 나에게 전해 줄 이야기가 있어서 왔을 것이다. 특정한 화제를 갖고서 방문해 주시는 나의 의뢰인이라고도 할 수 있다.

선물을 가져와 주셨는데 첼로의 음을 정확하게 맞춰 주는 신비한 클립이었다. 나같이 음감이 떨어지는 사람에게는 절실하게 필요한 것인데 정말 귀중한 선물을 받고 말았다. 첼로의 소리가 좋아서 연습했던 적이 있었다. 그때 깨달았던 것은 세상에는 사람이 해야 할 일이 있고 하지 말아야 할 일이 있다는 것과 내가 첼로를 치면 안 된다는 것이었다. 실력이 어찌 됐든 나는 첼로 소리를 좋아하고 귀신 같은 첼리스트 마야미 씨의 열렬한 팬이기도 하다. 그런데 그녀는 왜 이렇게 귀중한 물건을 나에게 준 것일까? 혹시 어딘가로 떠나기 전 마지막 선물을….

"그 음을 맞추는 클립은 몇 개 있어서 그중에서 하나 준 거니까 너무 우쭐대지 않는 게 좋아. 그냥 남는 거 하나 준 거라구!"

그럼 그렇지. 내가 또 긴장해서 너무 생각했다. 오늘 그녀의 의상은 착실하다. 그렇지만 이 의상은 시작점에서 항상 입고 계시던 그것! 시작점에서 말 한마디 못 하고 초조하게 지내던 그 시절이 떠오르며 마야미 씨와 이렇게 앉아서 이야기하는 것은 꿈같고 믿어지지 않는 현실로 받아들여지고 나도 모르게 긴장이 되고 있다.

사실 나는 마야미 씨에게 정말 궁금한 것이 하나가 있다.

"마야미 씨, 이런 질문을 해도 괜찮을지 감이 잡히지 않지만 정말 궁금한 거라 꼭 물어보고 싶다고 생각하고 있어 왔는데…."

"음, 이번은 무슨 이야기인지 내가 감이 잡히지 않는데. 음,

한번 해 봐! 그 질문 받아 주지.”

　“저, 저기, 마야미 씨 같은 존재도 사람들처럼 흔들리거나 실수를 하거나 망설여질 때가 있을 거라는 막연한 상상을 해 보기도 했는데요. 혹시 그렇다면, 그럴 때 어떻게 하시는지 괜찮다면 듣고 싶습니다. 위기를 넘기는 방법도 좋구요. 특별한 존재는 어떻게 어떤 방법으로 훈련하는지도 알고 싶습니다.”

　나의 이 직접적인 질문에 처음으로 마야미 씨의 사람 같은 표정을 볼 수 있었다. 그녀는 약속대로 무언가 말을 해 줄 것 같다.

　“나는 정신이 나약해질 때 바닷속으로 들어가. 아주 깊은 바다 깊숙이. 햇빛이 보이지 않는 곳에 도달하고 더 깊게 들어가면 웬만한 고기들도 접근하지 않는 암흑 같은 어둠 속에 들어가게 되는데 추위나 압력보다 무서운 것은 어두움의 공포 속에서 처절하게 외로워지는 순간이 공포로 다가오게 되는 것이지. 이보다 더 무서운 곳은 우주! 끝도 없는 암흑 속에서 잔인한 차가움과 잔인한 방사능이 괴롭히는데 그보다 더 무서운 공포는 주위에 아무것도 없다는 것. 지구의 바닷속이라면 근처 어딘가에는 어떤 물체가 있을 거라는 위로가 있지만 우주는 세상에서 가장 무서운 곳이라고도 할 수 있지.”

　예상을 넘어선 그녀의 솔직한 말과 처음으로 공포라는 단어를 사용한 마야미 씨의 말에 나는 뇌가 얼어붙을 정도로 정신

깊은 바다와 무서운 우주의 어두움

이 번쩍 들었다. 특별한 능력이 있어서 부러워했던 마야미 씨였는데 그녀는 나 같은 사람은 엄두도 못 낼 잔인하도록 끝도 없는 극도의 외로움과 극한의 고통과 무서움을 자주 경험하는 존재로서.... 게으르고 나약하고 때때로 비겁한 나 같은 사람하고는 비교도 불가능한 일을 하고 있었다. 가끔가다 갖다 주시는 선물을 받는 것도 얼마나 많은 정성과 내가 모를 이야기들이 숨어 있을지 더욱더 궁금한 것이 많아지게 되었다.

우와, 상상이 가지 않습니다!

이런 말을 할 수도 있지만 이 상황에서 그 상황을 표현할 어떠한 단어도 나는 찾지 못했기에 모든 단어를 삼키고 화제를 바꾸었다.

"오늘 찾아와 주신 이유가 있으신 건가요?"

나의 질문에 그녀는 아무 말 없이 내 어깨에 머리를 잠시 기댄 후에 다음에 보자는 인사와 함께 사라지셨다.

굿바이, 스타게이저.

거대한 새 우쿠리나의 전설 II

최강의 군대에서 은퇴하고 불멸의 삶을 얻게 된 우쿠리는 누를 찾기 위한 여행을 시작한 지 천 년이 되어 간다. 오늘도 깊은 바닷속을 걷기 위해 수직으로 손을 저어 수영을 한 지 두 시간이 되어 가고 이빨이 날카로운 검은 뱀을 한 마리 물리치고 소용돌이 속으로 들어가 바다의 바닥에 도착하였다. 압력이 피부를 누르고 고통스럽지만 그 정도는 견뎌 낼 수 있다. 견디기 힘든 것이 있다면 어두움이다. 아무리 걸어도 불빛 하나 없는 어두움이 깔려 있는데 몸이 극한까지 차가워지게 되면 극도의 공포감이 엄습해 온다. 오늘의 목적지는 마그마가 흐르는 용암이 있는 곳이다. 그곳에는 나의 피부를 순식간에 녹일 수 있는 뜨

거움이 도사리고 있지만 그곳은 새로 태어나는 사람들의 정보를 얻을 수 있는 곳이기도 하다. 마그마 근처까지 처절하게 기어가 정보를 얻기 위해 손을 뻗어 보다가 금세 한쪽 팔이 날아가 버렸다. 팔 전체가 온도에 당했기 때문에 다시 팔이 자라날 가능성이 크지는 않지만 다행히도 정보 하나를 건졌다. 그 정보가 형상화되어 나에게 인식이 되는 순간 그것이 그토록 내가 찾아다니던 정보라는 것을 알게 되었다.

팔이 다시 자라났지만 우쿠리라는 사람의 모습으로 오래 있는 것은 힘들게 되었다. 그래서 평소에는 불멸의 삶을 나에게 전해 준 거대한 새 부족이 만들어 준 우쿠리나의 모습으로 지내게 되면서 우쿠리의 모습으로 변신하는 것이 힘들기 때문에 우선 사자로 되었다가 첼로를 치던 마야미가 된 후에야 비로소 우쿠리로 잠깐 지낼 수가 있는 까다로운 절차를 따라야 했고 변신의 과정도 상당한 고통과 집중력을 필요로 하였으며 변신의 실패 확률이 점점 더 높아지게 되면서 현재 나의 모습은 새에서 마야미까지 가는 것이 한계이다. 스타게이저 누의 바이러스를 삼켜서 소화한 후로는 더 이상 우쿠리로의 변신은 불가능하게 되었다.

몇천 년이라는 시간을 지내며 스타게이저 누의 천사로서 지
켜봐 주고 있다 보니 그가 만나야 할 사람이 누구인지 깨닫게
되었고 누를 지켜봐 주는 나의 역할은 계속될 것이다. 그리고
어느 날 나는 불멸의 삶은 포기하고 영원히 공기 속으로 사라
질 것이다.

스파이 슈의 하루 IV
(로봇을 주워 왔다고 생각했다)

첫사랑 에바가 머물렀던 여름이 지나고 비가 내리는 밤. 황폐해진 마음을 채우기 위해 어묵을 전문으로 하는 포장마차에서 소주 몇 잔을 마시게 되었다. 스파이라는 직업의 특성상 안면이 없는 사람들과는 이야기를 피하는 경향이 있었는데 소주를 권해 주던 옆자리의 사람들과 금방 친해져서 그들과의 즐거운 대화를 마치고 집으로 향하게 되었다. 집에 가는 길에 잔디밭에 놓여 있는 큰 쓰레기통에서 에바를 모형으로 한 신형 로봇을 발견하게 되었는데 '에바와 이렇게 똑같이 만들 수도 있구나.'라고 생각하고 쓰레기통에서 그 로봇을 꺼내어 먼지를 털어 주고 집으로 데려가기로 했다. 양팔로 안아서 들고 가는 중인데 로봇이라서 역시 무겁기는 하다. '요즘 신형은 이렇게 폭신하게 나오는가 보다.' 생각하고 거실에 진열하려고 하였다. 세워 놓고 싶었는데 잘 세워지지 않아서 '그래서 누군가 버렸구나.' 생각하고 그 로봇은 바닥에 앉혀 놓은 상태로 나는 바로 잠이 들었다.

아침에 깨어난 나는 눈을 뜨고 어제의 일을 곰곰이 생각해 보았다. 로봇을 집에 데려온 것 같은데 정말 내가 로봇을 데려온 것이 맞는 것인가 하는 의문이 생겨났기 때문이다. 거대한 로봇 모형이라면 가격이 비쌀 것인데 쓰레기통에 버리는 사람도 있을까? 에바는 유명한 로봇의 이름이기도 하지만 최근 헤어진 여자 친구의 이름이기도 하다. Eve라는 말의 애칭으로 Eva라고 하고 하와이에서 유행했던 이름이라고 그녀에게서 들은 적이 있다. 나는 소주 몇 잔에 의해 여자 친구의 이름 Eva와 로봇의 Eva를 같은 것으로 인식을 한 것 같고 아무래도 여자 친구와 비슷한 옷을 입고 있던 여자를 집에 데려온 것이 아닌가 하는 생각이 들게 되었다. 정신이 번쩍 뜨였다! 만약 그렇다면 이 말을 믿어 줄 사람은 어디에도 없을 것이다.

설마 내가 그런 실수를 했을 리가.... 아주 조심히 고개를 거실을 향해 돌리고 있는 지금. 설마, 아닐 거야. 그럴 리가 없다고 마음에 되새기고는 있지만 눈앞에는 무언가 나타나기 시작하고 내가 모르는 여자가 앉아서 잠을 자고 있었다. 그분은 공교롭게도 <에반게리온>의 레이 코스튬을 입고 있었고 그래서 나는 로봇이라는 상상을 그렇게 쉽게 할 수가 있었던 것 같다. 그녀를 우선 깨워야 한다. 자고 있는 그녀를 깨우는 것은 미안하지만 그렇다고 이 상태로 처음 본 여자를 이렇게 보고 있을 수도 없고 그렇다고 안 보고 내버려 두고 있을 수도 없다.

"안녕하세요. 일어나 주세요. 공교롭게도 여기서 주무시게 되었습니다. 죄송하게 되었습니다. 이렇게 될 줄은...."
낮고 작은 톤으로 이렇게 말하고 있지만 그녀가 일어나지 않아서 어깨를 살짝 두드렸다. 그러자 그녀의 몸이 일으켜지며 공중으로 붕 떠올라 버렸다! 바닥에서 살짝 떠 있는 상태로 공중에서 나를 내려다보고 있는 그녀는 나를 향해서 거미줄을 발사하기 시작한다.

그녀는 로봇 스파이였다.

글자를 뒤트는 시간

예전과 다르게 이상한 변화가 감지되어서 탐정으로서 내가 조심해야 하는 일 하나가 있다. 누군가의 정보에 침식당하지 않고 나의 정신을 나인 채로 유지하기 위해서 텔레비전에서 나오는 뉴스나 온라인에서 보여 주는 많은 영상은 되도록 보지 않기 위해 노력을 하게 되었는데 거기에는 심리학자 엘사가 설명해 준 특별한 이유가 있다. 자신이 선택해서 들어오는 순서가 아닌 특정한 사람이 선택해서 보여 주는 영상이나 진동을 포함한 소리들은 요즘 같은 시대에 위험하다는 것이다. 특히 자극적인 영상과 섞여 있을 때는 우리의 뇌가 더 쉽게 노출이 되어서 더 위험하게 된다고 하고 엘사가 나에게 강력하게 당부해 준 것들은 함정이 있는 단어들을 조심하라는 것과 특히 앞으로 벌어질 지식들이 사상화되어 가는 현상을 주시해 달라는 것이었다. 그녀가 예로 든 것은 정당이라고 불리는 커다란 함정과 종교들에 숨어 들어가는 사상화라고 하였는데 나를 위해서 연구하는 것이 있다면서 다음 기회에 더 자세히 이야기해 주기로 하였다.

바닷가에 거대한 하얀 새가 떠밀려 와서 많은 인파가 모여들었다는 뉴스를 보게 되었고 숨을 거둔 상태라서 박물관으로 보내질 거라고 한다. 안타깝게도 내가 알고 있는 새라는 확신이 들었다. 내가 바닷가에 도착했을 때는 상황이 정리가 된 상태였고 바닷가에서 그 광경을 목격했다는 사람들의 증언을 기록했는데 그중에서 가짜 증언자가 반 이상이었다. 이상한 일이다. 그 가짜 증언자들은 평범한 주민인 척하고 있지만 이곳 주민이나 여행자들이 아니었고 특정 집단에 소속된 사람임을 직감하였고 증언으로 기록된 사실들을 나열해 진실과 거짓을 구분하고 나니 결론은 쉽게 나왔다. 그 거대한 새는 숨을 쉬고 있었고 근처의 수족관에서 잠시 머물다가 트럭에 실려 옮겨져 수족관 바로 근처의 이름 없는 연구실에 수송되었다는 결론에 도달하게 되었다.

 그 연구실에 대한 정보를 얻기 위해 엘사와 통화를 하였는데 그곳의 입구에서부터 로비에 진입하는 순간까지 가장 조심할 일은 표지판을 읽으면 안 된다는 것이다. 표지판의 글자를 읽는 순간 자신의 목적이 사라지거나 마음이 황폐해져서 누군가를 구해 주기는커녕 악한 사람으로도 변할 수 있다는 것이 그녀가 보는 가능성이었다. 엘사의 긴급 처방법은 글자 비슷한 것을 보게 될 때는 글자의 형상을 배경까지 잡아서 비틀어 버리라는 것이었다. 부득이하게 그 형상을 읽어 버리는 실수를 하게 되어도 뇌 안에서 다른 재질로 인식을 하라고 하였는데 예를 들면 쉽게 입 안에서 녹아내리는 멜론이나 토마토라고 상상을 해 보는 것도 좋다고 하였다.

 첫 번째로 보인 글자는 건물의 로고가 있는 간판으로 그 안의 형상이 나의 뇌에 인식이 되지 않도록 세모를 네모로 비틀고 머릿속에 들어와 버린 나머지 부분들은 탄산수를 부어서 공기 중으로 날려 버린다는 상상을 하였다. 유리로 된 입구에 다다랐을 때 현재의 시간 11시 50분을 그곳에 펜으로 적어 두고 나의 존재와 나의 시간이 침식당하지 않도록 예방해 두었다. 로

비에 걸린 그림에는 교묘한 방법으로 글자 비슷한 것들이 보이는 듯해서 그림을 보기 전에 미리 그림을 액자와 함께 비틀어 인식하는 방법을 택하였다. 그렇게 해서 새 우쿠리나가 있는 곳까지 정면으로 바로 들어가 쉽게 도착하게 되었다. 예상대로 그곳에는 아직 보안 시설이 되어 있지 않았고 경비원도 배치되어 있지 않았다. 이렇게 빠른 시간에 누군가가 올 거라고는 예상하지 못했을 것이고 그들이 회의하고 준비하고 인원을 모집하고 장비를 세우는 데는 적어도 며칠이 소요가 될 것이다. 관계자 한 명이 점심시간이라서 외부로 나가는 듯 보였고 보안 카메라가 있다고 해도 실제로 특별한 명령이 있지 않은 한 보안 카메라 여러 대를 주시하며 순간순간을 놓치지 않기 위해 한자리에 앉아 있는 경우는 흔치 않다.

이세계에서 봤던 우쿠리나가 바닷물에 떠밀려 와 이런 곳에서 불쌍하게 누워 금방이라도 사라질 것 같은 숨을 내쉬고 있는 것을 보니 마음이 찢어지도록 아려 왔다. 몸에 상처는 없는 걸로 봐서 바닷물의 염분이나 차가운 온도가 문제였을 수도 있다고 판단하고 따뜻한 물을 만들어 조금씩 마실 수 있도록 해 주었다. 그리고 나의 심장 박동을 우쿠리나의 심장 박동과 맞추어 웨이브를 형성해 다시 이세계로의 여행을 시도하였다. 이

웨이브 하모니를 맞추는 기술은 나 혼자서도 안전한 여행이 가능하도록 엘사가 밤을 새워 가며 연구해 준 결과물이다. 엘사에게는 우쿠리나를 구하기 위해 나는 이세계로 잠깐 다녀와야 할 것 같다고 전해 두었기에 나 없이 당분간 규리 씨와 스파이슈 그리고 인간 병기 마크의 도움을 받아서 사무소를 운영하기로 하였다.

시작점에 도착하고 우쿠리나는 놀랍게도 잠시 울쿠로 변해 있다가 사자로 변해 있다가를 반복한 후에 시작점의 회복력으로 혈색이 돌기 시작하면서 다행히도 마야미 씨의 형상인 상태로 편안히 누워서 쉴 수 있게 되었다. 하늘을 향해 머리를 두고 간신히 눈동자를 움직이면서 살 수 있을 정도의 숨을 쉬고 있던 마야미 씨가 정상적인 심장 박동과 산소량을 회복하게 되기까지는 하루 정도가 걸렸다. 일주일이 지나자 혈색과 기력도 돌아오기 시작하면서 몸을 움직이는 것이 가능하게 되었다.

마야미 씨가 상대하고 있는 사람들은 마야미 씨의 힘으로도 상대하기가 무리인 것이 분명하다. 내가 도와줄 수 있는 부분도 한계에 쉽게 도달하게 된다. 도움이 필요하다. 그 도움은 어디에서 오는 것인가....

아무리 밟고 밟아도 정의로운 사람들은 태어나고
그 정의로운 사람들은 자신들의 귀가 막히고 눈이 가려져도
의식으로 상황을 감지해 줄 것입니다.

천년야화: 엘사와 고양이

거대한 새 우쿠리나의 전설

1판 1쇄 발행 2022년 12월 23일

저자 라스트 로보

교정 주현강　**편집** 김다인
마케팅 박가영　**총괄** 신선미

펴낸곳 (주)하움출판사　**펴낸이** 문현광

이메일 haum1000@naver.com　**홈페이지** haum.kr
블로그 blog.naver.com/haum1000　**인스타그램** @haum1007

ISBN 979-11-6440-263-2(03810)

좋은 책을 만들겠습니다.
하움출판사는 독자 여러분의 의견에 항상 귀 기울이고 있습니다.